AF178729

Tucholsky   Wagner   Zola   Scott   Sydow   Freud   Schlegel
   Turgenev   Wallace   Fonatne
   Twain   Walther von der Vogelweide   Fouqué   Friedrich II. von Preußen
      Weber   Freiligrath   Frey
Fechner   Fichte   Weiße Rose   von Fallersleben   Kant   Ernst   Frommel
      Hölderlin   Richthofen
   Engels   Fielding   Eichendorff   Tacitus   Dumas
Fehrs   Faber   Flaubert
      Maximilian I. von Habsburg   Fock   Eliasberg   Zweig   Ebner Eschenbach
Feuerbach   Ewald   Eliot   Vergil
   Goethe   Elisabeth von Österreich   London
Mendelssohn   Balzac   Shakespeare   Dostojewski   Ganghofer
      Lichtenberg   Rathenau   Doyle   Gjellerup
   Trackl   Stevenson   Tolstoi   Hambruch
Mommsen   Thoma   Lenz   Hanrieder   Droste-Hülshoff
Dach   Verne   von Arnim   Hägele   Hauff   Humboldt
   Reuter   Rousseau   Hagen   Hauptmann   Gautier
   Karrillon   Garschin   Defoe   Baudelaire
   Damaschke   Descartes   Hebbel   Hegel   Kussmaul   Herder
Wolfram von Eschenbach   Dickens   Schopenhauer   Rilke   George
   Bronner   Darwin   Melville   Grimm Jerome   Bebel   Proust
   Campe   Horváth   Aristoteles   Voltaire   Federer   Herodot
Bismarck   Vigny   Barlach   Heine
   Storm   Casanova   Gengenbach   Tersteegen   Grillparzer   Georgy
   Brentano   Chamberlain   Lessing   Langbein   Gilm   Gryphius
Strachwitz   Claudius   Schiller   Lafontaine   Kralik   Iffland   Sokrates
   Katharina II. von Rußland   Bellamy   Schilling
      Gerstäcker   Raabe   Gibbon   Tschechow
Löns   Hesse   Hoffmann   Gogol   Wilde   Gleim   Vulpius
Luther   Heym   Hofmannsthal   Klee   Hölty   Morgenstern
   Roth   Heyse   Klopstock   Kleist   Goedicke
Luxemburg   Puschkin   Homer   Mörike
   La Roche   Horaz   Musil
   Machiavelli   Kierkegaard   Kraft   Kraus
Navarra   Aurel   Musset   Lamprecht   Kind   Kirchhoff   Hugo   Moltke
   Nestroy   Marie de France   Laotse   Ipsen   Liebknecht
   Nietzsche   Nansen   Marx   Lassalle   Gorki   Klett   Ringelnatz
von Ossietzky   May   vom Stein   Lawrence   Leibniz
Petalozzi   Platon   Pückler   Michelangelo   Knigge   Irving
   Sachs   Poe   Liebermann   Kock   Kafka
   de Sade   Praetorius   Mistral   Zetkin   Korolenko

Peterl

Ossip Schubin

Impressum

Autor: Ossip Schubin
Umschlagkonzept: toepferschumann, Berlin

Verlag: tredition GmbH, Hamburg
ISBN: 978-3-8424-7083-5
Printed in Germany

Text der Originalausgabe

Peterl.

Eine Hundegeschichte

von

Ossip Schubin

Berlin.
Verlag von Gebrüder Paetel.
1900.

Meinen lieben Nichten

Annie und **Liesl**

in herzlicher Liebe

gewidmet.

Bonrepos 1900.

Motto:
Plus je connais l'homme
Plus j'aime le chien!
Montaigne.

Warum liebte man ihn nicht mehr – warum liebte ihn gar Niemand – aber Niemand auf der weiten Welt mehr?

Er schüttelte seinen kleinen Kopf und die unverhältnißmäßig großen Ohren, die daran waren, nachdenklich. Immer und immer wieder drehte er die Frage in seinem Gehirn herum und konnte keine Antwort darauf finden.

Wenn er überhaupt nie geliebt worden wäre, so hätten ihn seine Entbehrungen nach der Richtung hin nicht viel beschäftigt; aber er war der verwöhnteste kleine Hund gewesen in ganz Böhmen – und darum konnte er sich in seinen verstoßenen Zustand nicht hinein finden.

Warum liebte man ihn nicht mehr? – Er war ein schmutziger, schlecht gehaltener, struppiger weißer Spitz und lag mißmuthig blinzelnd, an einen Pflock gebunden, vor einem verfallenen Hundehaus, neben ihm ein drahtumflochtenes Thonschüsselchen mit schmutzigem Wasser, rings um ihn herum ein Gemüsegarten, der sich zwischen zwei mit Brettern abgesteckten Bauplätzen in einer ärmlichen und übelriechenden Vorstadt ausdehnte.

Zwei Gärtnerburschen wanderten mit roth angestrichenen Gießkannen zwischen den Kohlrüben- und Gurkenbeeten herum, thaten, was sie konnten, um den Garten vor dem Verdursten zu bewahren, und brachten es nicht zu Stande. Ehe sie zu dem Bottich gelangten, aus dem sie die Kannen füllten, mußten sie an Peterl vorbei. Mißmuthig von der Hitze, versäumten sie es nie, ihm bei dieser Gelegenheit einen Fußtritt zu geben oder ihm mindestens ein Schimpfwort an den Kopf zu werfen.

Peterl seufzte, rasselte mit seiner Kette, vergrub den Kopf zwischen den Vorderpfoten – und dachte an alte Zeiten.

Das Erste, woran er sich erinnern konnte, war ein großer, ganz mit sauberem gelben Stroh gefüllter Verschlag (box nannten es die Menschen) in einem gemüthlichen Pferdestall, in den das Licht durch kleine, hoch in den Wänden angebrachte Fenster brach, so daß es den Pferden in weißen Streifen über Kopf und Rücken schwebte, ohne ihnen je in die Augen zu fallen. Zwei Paar Pferde standen in dem Stall, ein Paar große und ein Paar kleine. Die Box befand sich am äußersten Ende des Stalles, neben einem der großen

Pferde. Alle Tage wurde das Stroh darin erneuert, und in dem Stroh spielte Peterl Verstecken mit seinen kleinen Geschwistern – zwei winzigen Hündchen, die so weiß und weich und zottig waren wie er selber. Manchmal spielte die Mama der Kleinen mit ihnen – die Vorderbeine ausgestreckt, den Kopf an der Erde, stand sie auf der Lauer, zum Sprung bereit, und ehe sich's einer versah, hatte sie sich auch schon auf ihn geworfen und rollte ihn mit ihren Tatzen hin und her wie einen Ball, während die anderen, vor Freude bellend, um sie herum rasten und einander aus einer Ecke des Verstecks in die andere jagten.

Die Mama war sehr schön – ein weißer Spitz war sie mit schwarzen Augen und einem schwarzen Näschen, mit kleinen, spitzigen rosigen Ohren und einem schlanken Körper, der ganz mit langen, dichten, weißen Haaren bedeckt war. Sie hatte keinen guten Charakter und war sehr naschhaft. Aber man ließ sie gewähren, weil sie eben schön war.

Anfangs wollte sie sich gar nicht von den Kleinen rühren, aber später wurde es ihr lästig, immer fort mit ihnen beisammen zu sein. Sie stellten auch zu große Anforderungen an sie und zerrten mit ihren spitzigen Zähnchen gar zu unbarmherzig an ihr herum.

Auf die Dauer war das nicht auszuhalten. So entfernte sie sich denn immer häufiger von ihnen und blieb auch immer länger weg – nur so manchmal, ganz unerwartet und plötzlich, kam sie noch über das Brett gesprungen, das vor die Oeffnung des Verschlags gestellt worden war, damit Peterl und seine Geschwister nicht davon laufen könnten – und da hüpften sie an ihr hinauf und wälzten sich mit ihr herum, daß sich die ganze Familie in dem gelben Stroh ausnahm wie ein riesiger weißer Knäuel. Und jeden Abend legte sie sich noch zu ihnen in die warme, mit Heu ausgepolsterte Kiste, die ihnen zur Lagerstätte diente. Dann duckten sie sich alle zusammen in sie hinein und schliefen wundervoll und träumten, daß der nächste Tag gerade so schön sein würde wie der jüngst vergangene.

Aber die Tage blieben nicht immer so schön – so ganz allmählich ging es den Hündchen schlechter.

Einmal verging ein ganzer Tag, ohne daß die Spitzmama kam. Und sie kam auch nicht am Abend – sie schlief nicht mehr bei ihnen.

Die Nacht war ihnen recht traurig zu Muthe, sie weinten bis in den Morgen hinein. Dann kam die dicke Kutschersfrau und brachte ihnen ihr Frühstück, Milch in einem hübschen weißen Napf. Erst wollten sie nicht fressen – dann tauchten sie ihre kleinen Mäuler vorerst neugierig in den Napf und zogen sie schnell wieder heraus, und dann schmeckte ihnen die Milch so gut, daß sie den ganzen Napf leer schlürften, und wie sie fertig waren, da fingen sie an, sich alle unter einander zu küssen, nur um sich den süßen Rahm von den Schnäuzchen herunter zu lecken, und das war wieder eine Freude!

Die dicke Kutschersfrau fütterte sie jetzt sehr oft im Tag – alle zwei Stunden – und dabei redete sie mit ihnen und streichelte und lobte sie und versicherte ihnen, daß sie die hübschesten Hunde seien in ganz Böhmen. Häufig stand nicht nur die Frau, sondern auch der Kutscher und der kleine, blau- und weißgestreifte Stallbub – vor dem Brett, hinter dem sich die zottigen weißen Knirpse in ihrem Verschlag tummelten, und bewunderten die schönen jungen Hunde.

Dann eines Tages kam ein Diener aus dem Schloß und meldete, daß die kleinen Herrschaften die jungen Hunde kennen zu lernen wünschten. Da wurden die drei Spitze noch ganz besonders gebürstet und gekämmt, dann wickelte sie der dicke Kutscher in seine Schürze und trug sie in das Schloß bis in den Flur, denn es regnete – da konnten sie unmöglich zu Fuß gehen.

Im Schloß waren zwei kleine Knaben, und die geriethen in das hellste Entzücken beim Anblick der jungen Hunde, und sie herzten und küßten sie und gaben ihnen Leckerbissen zum Fressen und lachten, wenn die kleinen, weißen Dinger sich auf dem Teppich überpurzelten – und wenn sie sich dann auf den Hintertheil setzten wie große, alte Hunde und gähnend ihre rosigen Mäuler aufrissen und mit ihren winzigen, kindischen Stimmen anfingen, zu kläffen und zu bellen, da freuten sich die jungen Herren noch mehr.

Außer den kleinen Jungen war noch eine alte Dame im Schloß, die Tante der Kleinen, welche die Aufsicht über sie zu führen hatte während der Abwesenheit des Papas. Der Papa befand sich nämlich gerade auf der Hochzeitsreise.

Er durchstreifte Italien mit seiner jungen Gattin, welche er genau drei Jahre nach dem Tode seiner ersten Frau – der Mutter der beiden Jungen und eines kleinen Mädchens, das Peterl erst später kennen lernen sollte – geheirathet hatte.

Die Kinder kannten die Stiefmama noch nicht, aber sie haßten sie schon. Erstens war sie die Stiefmama, und zweitens war sie gelehrt. Die Köchin und die Kinderfrau hatten es den Jungen gesagt, daß sie gelehrt sei – und die mußten es wissen. Daß alle gelehrten Frauen unausstehlich sind, hatte ihnen einmal früher ihr Papa mitgetheilt – früher, viel früher, ehe er noch von der Existenz seiner jetzigen Frau eine Ahnung gehabt hatte. Jetzt dachte er wahrscheinlich anders, sonst wäre es unbegreiflich gewesen, daß er gerade diese Wahl getroffen. Denn seine Frau war wirklich ganz vollgepfropft voll Weisheit – oder vielmehr von Wissenschaft, was ja bekanntlich zweierlei ist. In Weisheit verwandelt sich die Wissenschaft nämlich erst, wenn sie gut verdaut ins Blut übergegangen ist.

Wie weit diese junge Gattin und Stiefmutter bereits auf dem Wege gekommen war, wo Wissenschaft Weisheit wird, soll hier noch nicht verrathen werden – vorläufig nur so viel: sie war wirklich gelehrt – sie kannte sich in der deutschen Philosophie aus wie ein Professor und hatte über Alles, wenn auch nicht ihre eigenen, doch die vornehmsten modernsten Ansichten Anderer. Mit der Religion war sie natürlich ganz und gar fertig, besonders mit dem Christenthum, nebstbei betrachtete sie auch Kant, Hegel und Schopenhauer als überwundene Standpunkte, und selbst in Nietzsche, für den sie, wie sie lächelnd einzugestehen pflegte, eine Schwäche besaß, sah sie nur eine Uebergangsstation, die an und für sich sehr interessant gelegen war, aber einstweilen noch nach keiner Richtung hin vernünftigen Anschluß hatte. Doch auch abgesehen von der Philosophie war ihre geistige Ausstattung imponirend. Sie hatte zwei Jahre lang in Zürich Medicin studirt.

Das war alles ganz und gar unerhört und gegen das Hergebrachte, und die beiden jungen Herren, ihre Stiefsöhne, grübelten jetzt schon darüber nach, was für Schabernack sie der neuen Frau ihres Vaters anthun wollten. Unter Anderem hatten sie sich's fest vorgenommen, daß sie ihr auf keinen Fall Mama sagen wollten, sondern immer nur gnädige Frau.

Die Gesellschaft der jungen Hunde stimmte sie so vergnügt, daß sie für eine halbe Stunde gänzlich der Stiefmutter vergaßen, und die Tante, welche, wie bereits erwähnt, interimistisch die Aussicht über sie führte, freute sich mit ihnen an den allerliebsten weißen Geschöpfchen. Erst als diese sehr deutliche Beweise von mangelhafter Salonfähigkeit zu geben anfingen, fand man es gerathen, sie nach Hause zu schicken. Dann wurden sie noch draußen von dem ganzen Dienstpersonal angestaunt und bewundert, so daß, als sie in den Stall zurückkehrten, sie sehr hochmüthig geworden waren, d. h. die beiden Geschwister Peterl's waren hochmüthig geworden – Peterl selbst machte sich aus der Bewunderung nicht so viel, dem hatte nur die Freundlichkeit wohlgethan. Er ließ sich lieber streicheln als bewundern. Manche Hunde sind so! Andere wieder lassen sich lieber bewundern als streicheln – und noch anderen ist das Liebste – ihr Fressen. Das sind die häufigsten.

Peterl war die Liebe das Nothwendigste, und darum blieb er auch den Stallleuten, die ihn aufgezogen hatten, am anhänglichsten.

Als er zu ihnen zurückkam, konnte er gar nicht aus noch ein vor Freude, wedelte sich fast sein damals noch sehr kurzes Schweifchen ab und bellte mit seinem jungen, schrillen Stimmchen von einem Athemzug zum andern. – Die Kutschersfrau begriff sofort, was er wollte, nämlich ihr erzählen, was er im Schloß alles erlebt. Sie klopfte ihm auf den Hals und versicherte ihn, daß er ein kluges Hündchen sei – und der Kutscher streichelte ihn auch, befaßte sich aber gleich darauf mit seiner höheren Ausbildung. Er lehrte ihn das Pfötchen geben, damit er sich das nächste Mal im Schloß auszeichnen könne.

Der kleine Stallbursch stand daneben und grinste andächtig, und die schwarze Katze, die auch zum Stall gehörte, sprang dem Pferde, dessen Stand an den Verschlag der Hündchen stieß, auf den Rücken, von wo aus sie zusah, wie Peterl seine ersten Lectionen nahm.

Die Katze hieß Diblik (was auf Böhmisch »Teufelchen« bedeutet), und während sie auf dem Pferde hockte, stand ihr der Schweif vom Rücken kerzengerade in die Höhe wie eine schmale, schwarze Feder, und sie machte ihrem unheimlichen Namen alle Ehre. Das Pferd hieß Lepidus. Es war auch schwarz, aber es hatte doch einen weißen Stern auf der Stirn und sah gutmüthig aus.

Die Katze war ganz schwarz, sie hatte keinen weißen Stern auf der Stirn und war auch nicht gutmüthig. Nicht nur, daß sie selber kein gutes Herz besaß, betrachtete sie noch alle Thiere, die eins hatten mit Geringschätzung. In ihren Augen war ein gutes Herz ein Beweis von Dummheit. Sie verachtete alle Hunde, weil sie ihrem Herrn anhänglich waren, weil sie folgten – und weil sie sich bemühten, etwas zu lernen.

Sie war Niemandem anhänglich – sie folgte nie – und sie nahm sich nicht die geringste Mühe, etwas zu lernen.

Peterl konnte indes nicht begreifen, was der dicke Kutscher von ihm wollte, während er da in dem sauberen Stroh vor ihm kniete, warum er ihn immer wieder beim Vorderpfötchen nahm und ihm hierauf wieder die Hand hinreichte. Er blickte mit seinen hübschen dunkelgrauen Hundeaugen aufmerksam in das breite, glatt rasirte Gesicht des Mannes, zog seine kleine, mit zarten weißen Härchen bedeckte Stirn zusammen vor Aufmerksamkeit und kraute sich mit seiner winzigen Hinterpfote nachdenklich hinter dem Ohr. – Aber er konnte nicht begreifen . . .

Da befahl der Kutscher dem Stallbuben, in den Verschlag zu springen und auf allen Vieren herum zu kriechen, dann hieß er ihn das Pfötchen geben, und schließlich lobte und streichelte er ihn dafür.

Nun hatte Peterl die Sache weg. Er lief auf den Kutscher zu und legte ihm die Pfote in die Hand – erst einmal, dann zwanzigmal – er war so stolz auf seine Kunstfertigkeit, daß er nicht aufhören wollte, sie zu produciren.

Und das ganze Stallpersonal schlug die Hände zusammen über seine Klugheit und rief einmal über das andere: »Der kann's – der kann's, unser Peterl ist ein Mordskerl!« Und Peterl wedelte mit dem Schweif und war selig.

Wir ersehen hieraus, daß er sich ebenso gern loben ließ wie seine Geschwister, nur in einer anderen Tonart. – Es gibt eine Art Lob, das auf das Gemüth wie Liebkosungen wirkt, und ein anderes, das nur eine Befriedigung der Eitelkeit ist.

Aus der zweiten Sorte machte sich Peterl nichts, für die erste hätte er sein Leben gelassen.

Wenn man ihn so lobte, wie ihn die armen Leute im Stall lobten, da war's ihm, als ob man seine kleine Seele gestreichelt hätte. Hunde haben nämlich auch eine Seele, wenn auch die Menschen zu hochmüthig sind, es zugeben zu wollen.

Er konnte gar nicht aufhören, sich schön thun zu lassen; er fand immer wieder eine beredtere Art, sein Wohlbehagen auszudrücken, und die Stallleute fanden immer neue Schattirungen von Anerkennung, bis die schwarze Katze, die nach wie vor beobachtend auf dem Rücken des schwarzen Pferdes saß, auf ihre vier Beine sprang und anfing, vor Aerger und Neid zu fauchen. Denn obwohl sie selber mit der Liebe der Menschen gar nichts anzufangen gewußt hätte, gönnte sie selbe doch keinem Anderen. – Da wurde der schwarze Lepidus unter ihr unruhig, sprang mit seinen Vorderbeinen in seinen marmornen Trog hinein, und der Kutscher mußte sich von Peterl trennen, um nach dem Rechten zu sehen.

Die beiden Geschwister Peterl's lagen indessen phlegmatisch in ihrer Kiste zusammengerollt, die der Stallbursche mit frischem, duftigem Heu ausgestattet hatte, und blinzelten nur manchmal überlegen nach dem betriebsamen Peterl hin, der nicht aufhören wollte, das Pfötchen zu geben.

Seit dem Besuch im Schloß war eine große Unruhe in die kleine Hundegesellschaft hinein gerathen. Sie fühlten sich in ihrem Behälter nicht mehr zufrieden und trommelten mit ihren Vorderpfoten gegen das Schutzbrett, was das Zeug hielt, den ganzen Tag bis sie müde waren. Und wenn die Thür in den Stall aufging, dann kläfften und quietschten sie jämmerlich.

Der Kutscher, der nun auch fand, daß seine zottigen, weißen Schützlinge etwas von der Welt kennen lernen sollten, und daß der Verschlag für die freie Entwicklung ihrer Persönlichkeiten nachgerade zu eng geworden war, führte sie dann eines Tages heraus, ließ sie draußen herumtollen nach Herzenslust, und zwar auf den etwas verwilderten Rasenplätzen, welche sich von der Rückseite des Schlosses an bis zu dem Stall zogen.

Das war wunderschön! – Es regnete diesmal nicht wie am Tage ihrer Vorstellung im Schloß, aber kurz zuvor war ein Gewitterschauer über den Rasen niedergegangen, und an den hohen Halmen glänzten die Wassertropfen – sie glänzten auch in den Kelchen der gelben Butterblumen und weißen Maßliebchen, die noch über die Grashalme hinaus ragten, und über denen weiße und blaue Schmetterlinge hingaukelten.

Die kleinen Hunde hetzten einander, daß es eine Lust war. Hier war es noch viel schöner zu spielen als in dem Stall – und wenn sie es satt hatten, einander nachzulaufen, so liefen sie Schmetterlingen nach, und dann erblickte Peterl plötzlich die großen, weißen Blüthendolden in den Kastanienbäumen, bildete sich ein, daß es eine besondere Abart weißer Hunde sei, setzte sich auf sein kleines Hintertheil und bellte zu den Kastanienbäumen hinauf wie toll.

»Peterl, kusch dich, kusch dich, Peterl!« rief der Kutscher, aber Peterl war nicht zum Schweigen zu bringen, als er plötzlich ein feines, weiches Stimmchen hörte, das zweimal hinter einander »Peterl! . . . Peterl!« rief.

Er sah sich um, ob ihn die Schmetterlinge gerufen hätten oder die Blüthen. Wer sonst konnte denn ein so feines, weiches Stimmchen haben? . . . Da erblickte er . . . ein kleines, wunderhübsches Menschenkind. Es war, bis auf seine rothen Schuhe, ganz weiß gekleidet; auch sein Hut war weiß. Es war eigentlich gar kein Hut, nur eine weit vorspringende Batistkrause, die einen Schatten über die kleine, von hellbraunen Haaren umkräuselte Stirn und über die großen, schelmischen braunen Augen warf. – Unter den Augen hörte der Schatten auf. Das seine Stumpfnäschen, der rothe Mund und die Grübchen in den Wangen waren frei, so daß der Sonnenschein sie nach Herzenslust küssen konnte.

»Peterl, Peterl!« rief das kleine Mädchen noch einmal mit ihrem zarten, glockenreinen Stimmchen. Da hüpfte Peterl von dem Rasenplatz herunter auf den Kiesweg und trippelte auf die kleine Schönheit zu.

Er setzte sich vor sie hin und wollte ihr das Pfötchen geben. Sie neigte sich zu ihm nieder, schüttelte seine dargereichte Pfote und rief in einem fort: »Peterl! . . . Peterl!«

Sie selber hieß »Liesel« – das erfuhr Peterl durch die Domestiken, welche indessen Alle herbeigelaufen waren, um sich den neuen Freundschaftsbund anzusehen.

Peterl vernahm es mit großem Interesse, daß sie »Liesel« hieß – er versuchte auch sofort, den Namen auszusprechen, aber es kam nicht viel Gescheidtes dabei heraus. Die Deutlichkeit der Articulation hatte ihm die Natur versagt. Er konnte nur bellen, und das that er denn auch in den verschiedensten Tonarten inniger Hundezärtlichkeit, und dabei drehte er den Kopf nach allen Richtungen und leckte die winzigen rothen Schuhe des kleinen Fräuleins; schließlich, um sein untertäniges Entzücken ganz besonders deutlich kund zu geben, legte er sich auf den Rücken, gerade vor die Kleine hin, focht mit den Vorderbeinen in der Luft und knurrte beseligt.

Die Kleine war indessen auch ganz außer Rand und Band vor Freude; sie zappelte und hüpfte und tanzte und lachte und bückte sich schließlich zu dem Hunde nieder, nahm ihn in die Arme und küßte ihn und drückte ihn an sich, daß ihm darüber der Athem verging, und er fast gestorben wäre.

Es that dem Peterl weh, aber es war doch schön!

Die Kleine wollte ihn auch gar nicht mehr hergeben. Obgleich die Kinderfrau energisch erklärte, daß es für sie Zeit sei, ins Schloß zurückzukehren, um ihre Milch zu trinken, hielt sie ihn noch immer fest an sich gedrückt. Offenbar konnte sie nicht begreifen, warum der Peterl nicht mit ihr Milch trinken solle!

Schließlich mußten die Beiden mit Gewalt getrennt werden.

Während die Kinderfrau Liesel ins Schloß schleppte, trug der Kutscher seinen weißen Schützling in den Stall.

Am Abend bellte Peterl öfter aus dem Schlaf. Die Kutscherfrau behauptete, er träume zu lebhaft.

Er träumte von Liesel!

Sie waren gute Freunde, das Kind und der Hund.

Da die drei weißen Spitze wirklich schon viel zu groß waren, um in den Verschlag eingesperrt zu bleiben, so spielten sie den ganzen Tag draußen in dem Stallhof. Sehr oft kam Liesel mit ihrer Kinderfrau, die Hunde besuchen, aber sie kümmerte sich nicht um Peterl's Geschwister, nur den Peterl liebte sie – sie holte sich ihn jeden Tag ab zum Spaziergang.

Er war aber auch ein gar zu kurzweiliger Spielgefährte.

Erst trug sie ihn ein Stückchen, und dabei lehnte er den Kopf gegen ihre Schulter wie ein Kind. Dann wurde er ihr zu schwer, sie setzte ihn auf die Erde. Ein Weilchen stapfte er bedächtig neben ihr hin; so lange sie sich um ihn bekümmerte, nahm er nie Reißaus. Wenn sie ihn aber nicht mehr zu beachten schien, fühlte er sich beleidigt und lief davon. Dann vermißte sie ihn sofort und rief mit ihrem feinen Stimmchen: »Peterl! . . . Peterl!«

Er ließ sich ein Weilchen rufen, lief eine Strecke weit, dann duckte er sich in das hohe Gras neben dem Weg, an dem sie vorüber gehen mußte, und wenn sie wirklich kam, streckte er den Kopf vor und bellte, und wie sie das Händchen nach ihm ausstrecken wollte, war er fort.

Die Kinderfrau mußte sie sehr festhalten, damit sie ihm nicht aus die Parkwiesen nachlaufe. Dort belustigte sich indessen Peterl in der ausbündigsten Weise, tollte in weiten Kreisen über den hohen Rasen, in dem der Wind Wellen zog und der kleine Hund wie in einem Meere versank.

Und Liesel rief ganz empört: »Peter! . . . Peter!« und wenn sie schon fest überzeugt davon war, daß er wirklich gänzlich in Verlust gerathen sei, da kam er plötzlich aus der Richtung, von wo sie ihn am allerwenigsten erwartete, herangestürmt und legte sich ihr demüthig vor die Füßchen, von denen er mit seiner rosigen Zunge den Staub herunter leckte. Und Liesel wiederholte strafend: »Peter, Peter!« und dann bückte sie sich zu ihm nieder und klopfte ihn tüchtig durch mit ihren kleinen, weichen Händchen – manchesmal auch züchtigte sie ihn mit einem Blumenstengel.

Wenn die Tage sehr schön und die Wiesen ganz trocken waren, da durfte sich Liesel mit Peter darauf herum treiben zwischen dem hohen Gras und dem röthlichen Sauerampfer und den gelben und violetten Blumen – und zuweilen haschten sie sich – da lief Peterl immer recht langsam, damit sie ihn einholen könne.

Manchmal überließ die Kinderfrau die Kleine für ein Weilchen der Obhut des zottigen Freundes. Sie ging ins Schloß, um etwas zu holen. Und wenn sie wieder kam, fand sie Alles in Ordnung. Peterl hielt einen Zipfel von Liesel's Kleidchen zwischen den Zähnen, damit sie nicht davon laufen könne, und Liesel lachte und trommelte mit den dicken Fäustchen auf ihm herum.

Alle verwöhnten Peterl. – Nur einer mochte ihn nicht, und das war sein eigener Papa!

Derselbe hieß auch Peter, und zwar nannte man ihn immer »Peter den Großen«, um ihn von Peterl zu unterscheiden. – Ursprünglich hatte man ihm den Namen beigelegt, weil er aus Rußland oder vielmehr aus Sibirien stammte und von illustrer Herkunft war. Sein Großvater, hieß es, war eine wichtige Persönlichkeit am russischen Hof, spielte eine große Rolle in Gatschina, wo er ein vertrauter Freund des jungen Kaisers war. – »Peter der Große« war durch einen der deutschen Verwandten des Zaren an seinen jetzigen Herrn gekommen, und dieser Herr besaß sogar eine Photographie, auf welcher man Peter's hochgeborenen Großvater mit der vollzähligen russischen Kaiserfamilie abgebildet sehen konnte.

Wie stolz Peters Herr sich durch den Besitz dieses vornehmen Hundes fühlte, kann man sich vorstellen.

Uebrigens war Peter der Große, ganz abgesehen von seinem tadellosen Stammbaum, wirklich ein Prachtstück. Er hatte einen kurzen, hochmüthig gebogenen Nacken, der aus einer breiten Halskrause hervorragte, rosa durchschimmerte, sehr spitzige Ohren, ein Paar leuchtende Raubthieraugen, ein Fell wie ein Eisbär, so tadellos weiß und zottig, und einen Schweif wie ein Federbusch. So einen Schweif hatte die Welt noch nicht gesehen. Wenn er durch ein grünes Getreidefeld lief im Mai, wo die Halme schon lang sind, so daß sein ganzer Körper darin versteckt war, da leuchtete der Schweif von Weitem wie ein weißes Banner aus den Feldern heraus. – Seinem vornehmen Aeußeren entsprechend hatte Peter auch einen ganz eigenthümlichen Charakter.

Seinen Herrn liebte er über alle Maßen, die Dienerschaft behandelte er mit freundlicher Herablassung, allen fremden Elementen aber brachte er das unbegrenzteste Mißtrauen entgegen. Wenn Besuch ins Schloß kam, so versteckte er sich sofort in einen Winkel, aus dem er nicht eher heraus zu bringen war, als bis sich der Besuch entfernt hatte. Wenn er aber außerhalb des Schlosses ein unberufenes Element witterte, so schoß er sofort darauf los, biß, was er erreichen konnte, oder riß den Leuten wenigstens die Kleider vom Leibe.

Es hieß, Peter der Große habe den Park von Monplaisir von Vagabunden gesäubert. Und das war immerhin gut; denn der Park von Monplaisir besaß zwar drei verschlossene Thore, aber sehr lückenhafte Mauern dazwischen. Darum that ein wenig Aufsicht wohl. Der dicke Kutscher behauptete immer, Peter der Große sei eine ganze Gensdarmerie-Compagnie werth.

Daß Peter der Große in seiner drakonischen Strenge mitunter zu weit ging, ja daß er sich durch das Ungestüm seines vornehmen Raubthierblutes dazu hinreißen ließ, viele unschuldige Röcke, Schürzen und Beinkleider zu zerreißen, für die sein Herr dann bußfertig Schadenersatz leisten mußte, kann leider nicht geleugnet werden. Aber dafür war er eben ein »Ueberhund«.

Peterl's Geschwister waren längst an zwei mit dem Besitzer von Monplaisir besonders befreundete Hundeliebhaber verschenkt worden, Peterl aber blieb in Monplaisir: der Kutscher sollte ihn für die kleinen Herrschaften erziehen. Der Kutscher lehrte ihn Kunststücke, er lehrte ihn aufwarten und auf den Hinterbeinen gehen, apportiren und Purzelbäume schlagen, springen und auf Leitern kriechen. Und Peterl lernte Alles. Er war immer so sichtlich bemüht zu begreifen, runzelte die Stirn und sah dabei aufmerksam in das Gesicht seines Lehrmeisters. Seine Augen waren wunderschön, sanfte, dunkelgraue Augen, aus denen ein Menschenherz heraussah – vielleicht ganz einfach ein gutes Hundeherz. Denn wenn ein Hundeherz gut ist, so ist es besser, als das beste Menschenherz.

Er begriff sehr rasch, und wenn er einmal begriffen hatte, dann wedelte er immer auf das Unbändigste mit seinem Schweif.

Der Kutscher behauptete, er lache mit dem Schweif.

Er war so brav, wie nie ein Hund vor ihm. – Wenn die Kutscherfrau in den Wald ging, um Holz zu sammeln, sammelte er mit, legte große und kleine Stücke bedächtig auf einen Haufen zusammen; wenn sie Gras für ihre Kaninchen sichelte, trug er ihr's in seinem Maul in den Korb, – wenn sie Abends müde nach Hause kam, zog er ihre Pantoffeln unterm Bett hervor, um sie ihr zu bringen; artig, ohne etwas für sich zu verlangen, sah er zu, während die Katze ihre Milch aus einem Schüsselchen trank, und nur, wenn er sehr hungrig war, zupfte er die Kutscherfrau am Schürzenzipfel, um sie daran zu erinnern, daß er auch etwas haben möchte, und nie steckte er sein schwarzes Näschen in den Milchnapf, selbst wenn dieser auf der Erde stand. Draußen vertrug er sich mit allen Hunden und schnappte nach keinem Menschen, seinen Stall aber vertheidigte er bis aufs Blut. Er hätte sich lieber todtschlagen lassen, als einem Fremden, sei's Hund oder Mensch, zuzugeben, daß er über die Schwelle trete, wenn er nicht von berufener Seite ausdrücklich Befehl dazu erhielt.

Ja, er war ein rührendes Hündchen.

Aber im vierten Monat seiner kleinen Existenz stellte sich etwas heraus – etwas recht Fatales – daß die Mutter Peterl's nämlich offenbar nicht von ganz reiner Rasse gewesen war. Seine Beine wurden zu hoch, und sein Schweif blieb zu dünn, und in seinem Fell zeigten sich ein paar verfängliche gelbe Flecken.

Der Mangel an Rassereinheit trat bei Peterl merkwürdiger Weise viel auffälliger hervor als bei seiner Mutter. Der Kutscher, welcher sich in der Sache nicht zurechtfinden konnte, wendete sich um Aufklärung an den Förster, der ein wissenschaftlicher Hundekenner war.

Kurz darauf kam er zu seinem Weib zurück mit dem Bescheid, der Förster habe ihm mitgetheilt, das sei der »Atavismus« – die am Peterl wahrnehmbaren Schönheitsfehler nämlich. Aber darüber, was der »Atavismus« sei, hatte der Förster dem Kutscher keine nähere Auskunft gegeben, da er momentan viel zu sehr mit seinen geometrischen Arbeiten beschäftigt war. – Der Kutscher konnte sich nicht klar darüber werden, ob es eine Erbschaft oder eine Krankheit sei. Jedenfalls war es kein Trost! – Mit täglich wachsender Unruhe beobachtete das Stallpersonal seinen Schützling. Für den Stall war Peterl schön genug, – der Stall fand ihn reizend, so wie er war, und machte sich gar nichts aus einer Unregelmäßigkcit in Katja's Stammbaum. Aber was würde der gnädige Herr sagen ... der gnädige Herr hielt auf Rassereinheit.

Mitten in diese aufgeregte und besorgte Stimmung des Stallpersonals hinein schneite ein Telegramm, welches die Ankunft des Herrn mit seiner jungen Gattin meldete.

Das ältere Fräulein, die Tante, welche während der Abwesenheit des Herrn das Haus geführt hatte, seufzte. Es war bisher Alles so schön friedlich gegangen; sie fragte sich, was nun werden solle. Sie würde das Scepter niederlegen müssen, welches sie seit dem Tode der ersten Frau ihres Neffen über dem Haushalt geschlungen, – das war ihr klar; alles Andere war ihr dunkel. Die Regierung aufgeben zu müssen, ist selbst für den entmuthigtsten Herrscher eine mißliche Sache. Doch war sie bereit, sich in das Unvermeidliche mit Würde zu fügen. Was sie kränkte, war, daß sie nun den Einfluß über die Kinder verlieren mußte, an denen sie drei Jahre Mutterstelle vertreten hatte.

Natürlich brachte sie der Stiefmutter Mißtrauen entgegen; das aber ließ sie sich nicht merken, sondern nahm ein für die Umstände zurechtgemachtes vergnügtes Gesicht an, um den Kindern die Ankunft der Eltern zu melden. Liesel lachte nur, wie sie immer lachte, wenn ihr die bevorstehende Ankunft von Gästen verkündigt wurde. Das bedeutete für sie jedesmal eine rosa oder blaue Schleife ins Haar und eine besonders gute süße Speise zum Nachtisch.

Die beiden Jungen faßten die Sache anders auf, ernster und mißmuthiger. Erstens fragten sie die Tante, was sie unter dem Ausdruck »Eltern« verstehe, – und als die Tante ihnen dies etwas zögernd erklärte, gaben sie zur Antwort: von einer neuen Mama wüßten sie nichts, sondern nur von einer neuen Frau ihres Vaters.

Die Tante Elisabeth zuckte die Achseln und zog sich in ihr Zimmer zurück, wo sie sofort daran ging, ihre Koffer zu packen.

Während der Hofmeister den beiden jungen Herren, seinen Schülern, einen Ferientag gab, um sich in aller Muße dem Entwurf eines Gedichts zur Feier der Ankunft der Neuvermählten widmen zu können, beriethen sich die Bürschchen über allerhand ruchlose Dinge, mit denen sie die Stiefmama zu ärgern und zu demüthigen gedachten.

Wie sie wußten, sollten außer den großen Pferden auch die Ponies (der Jungen specielles Eigenthum) nach der Bahn entsendet werden – und zwar letztere, um das Gepäck der Ankommenden abzuholen. Daß sie die Ponies nie und nimmer zu diesem Zweck hergeben würden, stand bei ihnen fest.

Sie unterließen es auch keineswegs, ihr empörendes Vorhaben auszuführen. Am nächsten Morgen benutzten sie den Moment, wo der Kutscher und sein blau und weiß gestreifter Adjutant mit Wagenwaschen im Schuppen beschäftigt waren, um sich in den Stall zu schleichen, die Ponies loszumachen und auf den ungesattelten Thieren in den Wald zu jagen, von wo aus die jungen Herren binnen kurzer Frist, die Hände in den Hosentaschen, den Hut auf dem Ohr und die österreichische Volkshymne auf den zum Pfeifen gespitzten Lippen, wohlgemuth zurückkehrten.

Als der kleine Groom die Ponies anspannen wollte, waren sie nicht zu finden. Der arme kleine Stalljunge, der sich aufs Kutschiren gefreut hatte, weinte bitterlich; der alte Kutscher, welcher immer auf der Seite der jungen Herrschaften stand und genau wußte, wieviel es geschlagen hatte, behauptete, es sei ihm unbegreiflich, wo die Thierchen hineingerathen seien, und schickte zum Vorsteher des nächsten Dorfes mit der Bitte, die Ponies austrommeln zu lassen. Ehe er selber auf die Bahn fuhr, kam er ins Schloß, sich respectvoll zu erkundigen, ob Niemand der Herrschaft entgegen fahren wolle. Er wußte im Vorhinein, was die Antwort sein würde, und der Empfang war dementsprechend.

Es war ein etwas kühler Tag, Anfang Mai. Gegen Abend, als der Wagen vor dem Schloß hielt, befand sich Niemand auf der Freitreppe außer dem Hofmeister mit seinem Gedicht, das er vergeblich versucht hatte, einem seiner hoffnungsvollen Zöglinge einzutrichtern, und dem Diener mit einem Regenschirm. Die jungen Herren waren unter dem Vorwand, die Ponies zu suchen, verschwunden, Tante Elisabeth war mit Packen beschäftigt, und Liesel saß mit ihrer Wartefrau im Kinderzimmer, ganz vertieft in ihr aus süßem Milchbrei bestehendes Abendbrot.

In schwungvollem Bogen fuhr der Kutscher vor. Nicht einmal vor der neuen »gnädigen Frau« wollte er sich eine Blöße geben. Zum Dank für seine Kunstfertigkeit wurde er von seinem Herrn sofort wegen seines zu raschen Fahrens heruntergeputzt, welches der gnädigen Frau Schwindel verursacht hatte.

Als der gnädige Herr sich ausgeschimpft hatte, und während der Kutscher mit brennenden Ohren dem Stall zufuhr, fing der Hofmeister an, sein Gedicht zu declamiren.

Erhabenes Paar!
Seht, zum Empfang bereit

Steht hier die Kinderschar,
Strahlend vor Dankbarkeit!

»Ja, zum Teufel!« unterbrach ihn Herr von Feldeck, »wo ist denn die Kinderschar?«

Darüber konnte der Hofmeister keine Auskunft geben.

Vielleicht war das der Umstand, welcher den Hausherrn dazu bestimmte, die weitere Declamation des Pädagogen mit einem unfreundlichen »Schon gut« abzuschneiden. Der tief gekränkte Mann senkte beschämt sein Haupt, erhob es jedoch wieder, als er die junge Frau sagen hörte: »Du hättest den armen Menschen doch ausreden lassen sollen; er ist der Einzige, welcher mir einige Freundlichkeit bezeigt hat bei meiner Einkehr ins neue Heim!«

»Ach was!« brummte Herr von Feldeck. Der wohlerzogene Gleichmuth seiner Gattin trug nichts dazu bei, ihn aufzumuntern.

Ehe der Abend vollständig hereingebrochen war, machte er seiner inneren Aufregung noch in einer Reihe von Zornesausbrüchen Luft. Die Tante, welche nach kurzer Begrüßung der Schwägerin fortfuhr, ihre Koffer zu packen, meinte, er feire seine eigene Ankunft mit »Böllerschüssen«.

Sie besaß unleugbar eine humoristische Ader, welcher Umstand ihr über viele Unannehmlichkeiten des Lebens hinübergeholfen hatte, ihr auch im Ertragen des neuen Regierungsumschwungs in Monplaisir nützlich war.

Die Verstimmung des Hausherrn dauerte weiter bis zum nächsten Tag, und sogar darüber hinaus, obwohl die junge Frau ihn freundlichst versicherte, »es würde Alles gut werden, sobald sie nur die Zügel in den Händen hielte.«

Unbegreiflicher Weise schien es ihm jetzt, da es zu spät war, an eine Aenderung zu denken, gar nicht recht geheuer, ihr die Zügel anzuvertrauen. Aber, was war zu machen – man mußte der Sache ihren Lauf lassen!

Als Herr von Feldeck am Tage nach seiner Rückkehr im Stall erschien, sich dort umzusehen, bemerkte er Peterl, der etwas verschüchtert mit seinem Hundeinstinct Böses ahnend hinter dem Kutscher stand und höflich mit dem Schweif wedelte.

»Was hast denn Du da für einen scheußlichen Köter, Petrzilka?« fuhr Feldeck den Kutscher an.

»Ich bitt'r Gnaden, bitt' ich – das ist eins von der Katja und dem Peter!« gab der Kutscher ängstlich zur Antwort.

»Weißt Du' s gewiß?« fragte Herr von Feldeck mürrisch.

»Ja, ganz gewiß!«

Die schwarze Katze, welche sich mittlerweile wieder einmal auf den Rücken ihres Freundes Lepidus geschwungen hatte, um den Herrn genauer betrachten zu können, stellte ihren Schweif in die Höhe und fauchte mit bedeutsamen, funkelnden Augen.

»Er wird noch schön werden,« behauptete kleinlaut der Kutscher; dann, mit inniger Ueberzeugung, setzte er hinzu: »Und er ist ein so guter, braver Hund und . . .«

Der dicke Kutscher kraute sich hinter den Ohren und stotterte: »Wenn der Hund auch nicht schön ist, für uns ist er gut genug, und wenn der gnädige Herr es erlaubt, so will ich ihn für mich behalten; auf das Bißchen Essen für das Thier kommt's mir nicht an.«

Dem Herrn war Alles recht; wenn der Kutscher den Hund behalten wolle; so solle er ihn in Gottes Namen behalten, aber nur auf das Eine streng sehen, daß der Hund sich nicht im Schloß zeige, – denn ein so garstiger Köter sei eine Schande fürs ganze Haus. Dann ging der Herr.

Das Trio im Stall aber versammelte sich jetzt um Peterl. – Einer nach dem Anderen wollte den armen Beschimpften liebkosen, und Einer nach dem Andern entdeckte eine neue Schönheit an ihm. Der Kutscher, welcher seinem Herrn noch nie etwas übel genommen hatte, nicht einmal seine zweite Heirath, war diesmal sehr böse auf ihn. – »Marjanko!« erklärte er seinem Weibe feierlich, »der gnädige Herr wird's noch bereuen, daß er uns den Hund geschenkt hat! Denk an mich, der Hund wird sich auswachsen! – Dann aber geb' ich ihn dem Herrn nicht mehr zurück – lieber verlass' ich den Dienst!«

»Prahlhans!« sagte das Weib, mit den Achseln zuckend; dann bückte sie sich zu Peterl und setzte ihm eine Schale Suppe vor. Peterl aber fühlte sich, trotz der ihm von hoher Stelle bewiesenen Geringschätzung, sehr glücklich.

Noch eine Person gab's auf der Welt, der Peterl's Schönheitsmängel ganz gleichgültig waren, – und das war Liesel.

Im Schloß durfte sich Peterl nicht mehr sehen lassen. Aber im Park draußen hatte Liesel zahllose und endlose Zusammenkünfte mit ihm, und da jetzt die gute Jahreszeit sich voll entfaltet hatte und Liesel von früh bis Abends draußen herumtollte, so konnten sie nach Herzenslust einander Gesellschaft leisten.

Ach, was war es schön, sich so stundenlang mit dem kleinen Mädchen zwischen dem immer höher und üppiger anwachsenden Wiesengras herumzutreiben und sich von dem herzigen Geschöpfe tyrannisiren zu lassen!

Er folgte der Kleinen jetzt meistens auf den Wink; nur manchmal noch spielte er sich auf den Unfolgsamen hinaus, damit sie das Vergnügen haben möge, sich possirlich über ihn zu ärgern und ihm mit den kleinen Fäustchen auf den Kopf zu trommeln.

Bis gegen Ende Juni dauerte die Freundschaft zwischen Peterl und dem kleinen Fräulein ungestört; dann aber trat eine traurige Schicksalswendung in dem Leben des armen Peterl ein.

Die Stiefmama hatte richtig gleich nach ihrer Ankunft in Monplaisir die Zügel der Regierung an sich genommen. Daß aber die Resultate dieses Regierungswechsels so glänzender Natur gewesen wären, wie Frau Ottilie sich's versprochen, hätte Niemand die Kühnheit gehabt zu behaupten, am allerwenigsten ihr Gemahl. Doch ließ er sie gewähren. Erstens konnte er nichts Anderes thun, und zweitens hatte er eine Theorie von der Nützlichkeit des Hörnerabstoßen auf Lager, die er auf Alles und Jedes anwendete, jüngster Zeit mit besonderer Vorliebe auf seine Frau, welcher er bei dieser Beschäftigung mit dem erhabensten Phlegma zusah. –

Wenn sie zu energisch vorging, so z. B. an einem Tage den sämmtlichen Dienstboten kündigen wollte, um ein neues, musterhaftes System einzuführen, schritt er ein, aber durch Kleinigkeiten ließ er sich nicht beirren, – z. B. hatte er gar nichts dagegen, daß sie sich um die Lehrstunden seiner Söhne bekümmerte und abwechselnd die beiden jungen Herren und ihren Hofmeister zu unterrichten versuchte.

Nach vierzehn Tagen bedankte sich der Hofmeister und mußte ausdrücklich gebeten werden, zum mindesten bis zu dem neuen Schuljahr zu bleiben, zu welchem Ausharren er sich nur unter der Bedingung verpflichtete, daß die Stiefmama dem Unterricht ihrer Pflegesöhne weiterhin nicht nur nicht mehr beiwohnen, sondern sich in keinerlei Weise weiter hineinmischen möge. Die jungen Herren aber ergaben sich den unbändigsten und respectwidrigsten Siegesdemonstrationen, führten Kriegstänze auf und brannten ein Freudenfeuerwerk gerade vor den Fenstern der Stiefmama ab.

Das war ja recht abscheulich; als sich die Stiefmama aber bei ihrem Gatten über diesen Unfug beklagen wollte, zuckte er nur die Achseln und sagte: »Liebes Kind! Thu, was Du willst, aber laß' mich aus dem Spiel, ich muß jetzt auf die Jagd« – und schwupps war er ihr entwischt. – Es war Schonzeit, in Folge dessen ging er gar nicht auf die Jagd, sondern irgendwo andershin, – nur um aus dem Haus zu kommen. Dabei stellte er Betrachtungen darüber an, wie komisch es sei, daß sie ihm zu dieser Jahreszeit die Rebhühnerjagd geglaubt hatte. Nun, etwas Gutes habe es doch, wenn man sich eine so eingefleischte Städterin zur Frau genommen!

Hatte es wirklich etwas Gutes? – Außer dem kleinen Vortheil, ihr unter einem falschen Vorwand davonlaufen zu können, sah er nicht viel. Sie hatte andere Interessen, andere Sympathien als er und seine Kinder; sie entbehrte Bequemlichkeiten, die er nicht entbehrte, und wußte Genüsse nicht zu schätzen, ohne die ihm und den Seinen das Leben fast unerträglich gewesen wäre. Das Aergste war, daß sie für die ihrer Obhut anvertrauten Kinder kein Verständniß besaß, daß sich ihre Fürsorge in ebenso grotesker Art zeigte wie ihre Strenge.

Daß Jungen von acht und neun Jahren reiten sollten, schien ihr ganz ungehörig. Es wurde ihnen nur unter der Bedingung gestattet, daß sie im Schritt ritten und sich auf dem Sattel anbinden ließen. Als ihr Mann ihr zu beweisen trachtete, daß es viel gefährlicher sei, angebunden als frei im Sattel zu sitzen, da zeigte sie sich beleidigt und sagte, dann dürften die Jungen überhaupt nicht reiten, – sie habe Medicin studirt, und das Reiten sei für junge Organismen schädlich, es riefe Erschütterungen des Rückgrates hervor, ganz abgesehen von seiner großen Gefährlichkeit. Und als ihr Mann ihr hierauf erklärte, daß er seit seinem sechsten Jahre zu reiten pflegte, erwiderte sie ihm, das sei nicht maßgebend, nach solchen vereinzelten Erfahrungen könne man sich nicht richten, ihr Vorgehen beruhe auf wissenschaftlich begründeten Gesetzen.

»Grau, theurer Freund, ist alle Theorie, . . .« scherzte Herr von Feldeck.

Hierauf ereiferte sich Frau von Feldeck sofort über alles Mögliche, unter Anderem auch über Goethe, welcher sich erkühnt hatte, die Theorie anzugreifen.

An die Theorie dürfe man nicht tasten, behauptete sie, die Theorie sei ein von der Wissenschaft aus einer großen Summe von Beobachtungen gewonnener Weisheitsextract, den ungebildete Menschen nicht zu schätzen wüßten.

Herr von Feldeck wurde ungeduldig. »Ich versichere Dich, Ottilie, wenn es sich um Kinderpflege und Erziehung handelt, ist mir die mit gesundem Menschenverstand gepaarte Erfahrung zehnmal lieber als alle Theorie. Der gesunde Menschenverstand ist ein genialer Autodidact, die Theorie ist immer eine doctrinäre alte Jungfer!«

Nun erging sich Frau von Feldeck des Langen und Breiten über alles Unheil, das die sogenannten »genialen Autodidacten« in der Welt angerichtet hatten. Hierauf erklärte sie dem Gatten, sie müsse den Kindern gegenüber nach ihrem besten Gewissen handeln. Entweder wollte sie Mutterstelle an ihnen vertreten oder sich gar nicht um sie kümmern. Sie wurde heftig und stützig, und da er gegen ihren mit großer Leidenschaftlichkeit gepaarten Eigensinn doch nicht aufkommen konnte, ihm die Auseinandersetzung auch schon zu lange gedauert hatte, so ergab er sich in sein Schicksal und lief seiner Gattin unter irgend einem neuen Vorwand davon.

Lüge und List sind immer die Folgen der Tyrannei, der ehelichen ebenso gut wie jeder anderen.

Nach kaum dreimonatlicher Ehe fing Feldeck bereits an, sich zu fragen, warum er Frau Ottilie denn eigentlich geheirathet habe.

Um ein Heim zu haben – den Kindern eine Mutter zu geben? Unsinn! – Seine Schwester hätte sein Haus gewiß ebenso gut und bedeutend friedsamer geführt, und die Kinder wären eigentlich auch besser versorgt gewesen.

Ja, warum hatte er sie geheirathet? – Das war so gekommen.

Als er im vorigen Spätsommer in Ostende Seebäder genommen, hatte man sie ihm gezeigt als eine junge Dame, die thatsächlich ihren Doktor machen wollte, worauf er sie sich wie eine Merkwürdigkeit besah. Zu seinem großen Erstaunen war sie hübsch, wenn auch zu mager und mit scharfen Zügen. Sie hatte goldblondes Haar, welches, wie er sofort merkte, nicht künstlich gefärbt war, und ging geschmackvoll, fast immer in weiße Wolle gekleidet.

Dies hatte zur Folge, daß er sich mehr als einmal nach ihr umsah. Sie bemerkte seinen Blick, und nun war es an ihr, nach ihm hin zu schielen, wenn er zufällig vorüberkam. Einer seiner Bekannten, der mit ihrer Familie verkehrte, theilte ihm mit, daß er eine Eroberung bei ihr gemacht habe, – genau wie ihn habe sie sich immer den jungen Siegfried vorgestellt.

Er hatte sein Lebtag nie die »Nibelungen« gelesen, aber eine Ahnung davon, wer Siegfried gewesen war, hatte er doch.

Die Schmeichelei that ihre Wirkung. – Er ließ sich ihr vorstellen, bezeigte ihr kleine ritterliche Aufmerksamkeiten und merkte bald, daß sie ihn allen Männern ihres Kreises vorzog. Sie war reich, und seine Güter waren verschuldet. – Zu seiner Ehre sei's gesagt, daß ihr Reichthum ihn eher stutzig machte, als ihn anfeuerte, und daß er schließlich von Ostende abreiste, ohne ein bindendes Wort gesprochen zu haben. Aber der gemeinschaftliche Bekannte, welcher mit ihm nach Böhmen fuhr, lag ihm in den Ohren. Zu Neujahr sandte er nicht nur ihren Eltern, sondern dem gelehrten Fräulein speciell eine Glückwunschkarte. Kurz darauf schrieb sie ihm, sich auf Tatjana in »Eugen Onägin« berufend, einen Brief, der sein Schicksal besiegelte.

Während der kurzen, glühend zärtlichen Brautschaft that er sein Möglichstes, die schlanke Million, welche ihre Mitgift ausmachte, zu vergessen.

Es war ihm gelungen, sich einzureden, daß er thatsächlich in Marie Halbers verliebt sei; aber, als er jetzt, die Büchse, die er nicht losschießen durfte, über der Achsel, die Feldraine entlang schritt, bereitete die Erinnerung an besagte Million ihm doch recht unbehagliche Empfindungen.

Ueberhaupt hatte ihm Marie nach jeder Richtung hin mehr gebracht, als er ihr gegeben, und da er ein durch und durch anständiger Mensch war, so demüthigte und beschämte ihn das Bewußtsein – machte ihn feig, veranlaßte ihn, hinzunehmen, was er nicht hätte hinnehmen sollen, und verhinderte ihn einzuschreiten, wo das Einschreiten dringend nöthig gewesen wäre.

So ging er denn, über die Regierungsexperimente der Stiefmutter grübelnd, recht muthlos zwischen den Weizenfeldern einher, und versuchte sich immer von Neuem mit demselben Trostwort zu beruhigen: »Es wird schon anders werden, – sie wird sich die Hörner abstoßen.«

Aber im Innersten war er sich längst klar darüber geworden, daß seine passive Haltung unwürdig und nur eine moralische Trägheit sei.

Er war nicht der einzige Unbefriedigte der Ehegatten. Vielleicht war seine Frau die Entmuthigtere von beiden.

Sie fühlte es genau, daß »Siegfried« ihre Leidenschaft nicht erwiderte; sie fühlte, daß er mit nichts von dem, was sie veranstaltete, eigentlich einverstanden war, daß seine Nachgiebigkeit gewissen höflichen Rücksichten entsprang, die die Frucht eines schlechten Gewissens, und einer Gleichgültigkeit, die die Folge seines phlegmatischen Charakters war. Vergebens zerbrach sie sich den Kopf darüber, wie sie es anders machen sollte.

Daß sie mit ihrem System nicht vom Fleck kam, merkte sie; was sie anrührte, schien in die Brüche gehen zu wollen. Was hatte sie denn im Grunde nach allen ihren Bemühungen für Erfolge aufzuzählen? Verdruß mit ihren Stiefsöhnen, Verdruß mit ihren Dienstboten – und . . . stillschweigenden Verdruß mit ihrem Mann!

Er war unzufrieden mit ihr, wenn er auch aus Höflichkeit darüber schwieg. Im Grunde seines Herzens war ihm das vergnügte, »alle Fünf gerad sein lassen«, das zur Zeit seiner Schwester geherrscht hatte, viel lieber gewesen als die von ihr eingeführte Musterwirtschaft.

Ja, er schwieg aus Höflichkeit – aus Höflichkeit! Wenn er doch blind gewesen wäre aus Liebe! . . . aber nein, er hatte keine Liebe, – und da er doch ein anständiger Mensch war, so schämte er sich, eine reiche Frau geheirathet zu haben ohne Liebe, – und darum war er höflich . . . geduldig.

Wie der Gedanke sie demüthigte, ihr am Herzen fraß, in der Seele brannte! Was machte sie sich denn aus ihrem Geld! Damit sollte er anfangen, was er wollte, aber ihren Einfluß sollte er gelten lassen, ihr helfen ihre Ideen durchzuführen, mit ihr für ihre Ueberzeugungen kämpfen.

Darum aber war's ihm gar nicht zu thun. Er behandelte sie wie eine Närrin, der man nicht widersprechen darf. Er hoffte, daß die Zeit sie von ihren Schrullen curiren werde . . . . Schrullen . . . Schrullen! . . .

O, das war nicht zum Aushalten kränkend!

Je ruhiger er war, um so gereizter und aufgeregter wurde sie. Da sie im Großen nichts ausrichten konnte, bohrte sie sich in Kleinigkeiten hinein, bewies ihren Dienstboten, ihren Kindern gegenüber eine kindische Rechthaberei, durch die sie sich verhaßt und lächerlich machte, – was sie merkte, ohne die Ursache der heraufbeschworenen Wirkung ergründen zu können.

Sie war unglücklich, und kaum vier Monate verheirathet machte sie sich bittere Vorwürfe darüber, der Wissenschaft untreu geworden zu sein, und dachte mit Sehnsucht an die Zeit zurück, wo sie in Zürich Medicin studirt und gemeinschaftlich mit ihrem Bruder einen neuen Bacillus zu entdecken getrachtet hatte.

Diesem Bruder, welcher noch immer auf den Höhen der Wissenschaft wandelte und seine Bacillenforschungen mit dem alten Eifer betrieb, berichtete sie ihren Kummer in einem langen, ausführlichen Brief, in dem sie ihm zugleich mittheilte, wie sehr sie sich nach dem Verkehr mit einer gleichgestimmten Seele sehne, und ihn dringend aufforderte, sie zu besuchen.

Ende Juli traf der Bruder ein. Er war ein etwas vierschrötiger Gesell mit zwei kleidsamen Schrammen in seinem rothen, aufgedunsenen Gesicht und einem borstigen, blonden Kopf, der wie ein sehr schlecht gemähtes Stoppelfeld aussah.

Er trug eine Brille, hielt sich für unwiderstehlich und hatte über Alles seine eigenen Ansichten.

Herrn von Feldeck war er gründlich zuwider, weshalb dieser noch öfter von Hause weglief als früher. Doktor Emil Halbers merkte das zwar, legte sich den Umstand jedoch auf das schmeichelhafteste aus. Der gute Feldeck wich ihm aus, weil er sich durch die Anwesenheit einer überlegenen Intelligenz gedemüthigt fühlte.

Diese Beurtheilung der Sachlage theilte er seiner Schwester mit, worauf er sich ein Weilchen damit beschäftigte, sie ausbündig zu bedauern, und seine Rede endlich mit dem ermutigenden Satz schloß, sie müsse sich eben in die geistige Minderwerthigkeit des Gatten finden, – man sei nun einmal im Ehestand darauf angewiesen, seine Ansprüche möglichst tief herunterzuschrauben. Es gebe überhaupt keine glücklichen Ehen, und wenn man schon so thöricht gewesen sei, die veraltete Mode mitzumachen, müsse man sich mit

Anstand in die Consequenzen finden. Dann erzählte er allerhand Züricher Neuigkeiten, berichtete von dem und jenem weiblichen Genie, das unlängst seinen Doktor gemacht und viel Aufmerksamkeit erregt habe, worauf er seine eigenen Erfolge aufzuzählen begann, – erstlich seine Erfolge in Bezug auf Medicinstudentinnen, dann seine Erfolge hinsichtlich des neuen Bacillus; er hatte ihn zwar noch nicht entdeckt, aber er ahnte ihn bereits und war ihm ganz bestimmt auf der Spur.

Den Rest des Tages drehte sich das Gespräch ausschließlich um Bacillen, und die beiden Geschwister redeten sich nun in solchen Eifer hinein, daß von da an in Monplaisir Alles desinficirt wurde, von der Bettwäsche angefangen bis zum Schwarzbrot. Das ganze Haus roch nach Carbol!

Im Innersten seines Herzens zitterte der Hausherr vor Wuth über das, was er respectwidrig als einen verdammten Schwindel bezeichnete, aber er dachte an die Million seiner Frau und da ... Er hätte um keinen Preis unritterlich sein mögen; aus lauter Angst sich als Rüpel zu gebärden, benahm er sich, wie man es auf gut Oesterreichisch ausdrückt, wie ein »Papplöffel«.

So ging denn die große Bacillenverfolgung in Monplaisir ihren Weg. Sie sollte eine Aera bilden in der Geschichte der stillen Stätte, – noch um Jahre später sprach die Dienerschaft von jener Schreckenszeit!

Es ließ sich nicht leugnen – die Zustände waren ungemüthlich in Monplaisir, und daß diese Ungemüthlichkeit auch nur mit dem geringsten Nutzen verbunden gewesen wäre, hätte man dem jungen Doktor aufs Wort glauben müssen, denn irgendwie nachweisbar waren die durch seine hygienischen Maßregeln errungenen Erfolge nicht.

Dies aber entmuthigte den strebsamen Gelehrten keineswegs. Unbeirrt fuhr er fort, den Bewohnern von Monplaisir jedes kleine Vergnügen zu vergällen, nicht nur das, welches sonst mit dem Essen und Trinken verbunden war, sondern auch manches Andere; denn überall witterte er den unsichtbaren Feind.

Eines Tages, als Frau von Feldeck in das Studium eines wissenschaftlichen Werkes vertieft, in ihrem Boudoir saß, das eigentlich eine Bibliothek, an allen Wänden mit Bücherschränken garnirt war, stürzte Doktor Emil mit sehr aufgeregtem Gesicht zu ihr herein und schwang ein Zeitungsblatt in der Luft.

»Da hast Du's . . .« rief er; »ich hab' Dir's immer gesagt, nirgends ist man sicher, – nichts soll man unnöthiger Weise anrühren, nicht einmal Blumen . . . am allerwenigsten Blumen! . . .« Worauf er mit lauter Stimme zu lesen begann: »Domingo Freire – hörst Du's, Domingo Freire – hat, wie er der französischen Akademie berichtet, in einem gegen Infection aus der Nachbarschaft sehr geschützt (zwei Meilen von Rio und 50 Meter über dem Meeresspiegel) liegenden Garten aufgeblühte Blumen *unter möglichster Vermeidung* jeder Uebertragung von Mikroorganismen durch die benützten Instrumente abgeschnitten und in Nährflüssigkeiten fallen lassen, in denen sich alsbald Colonien – hörst Du's, Marie? – *Colonien!* verschiedenartiger pathogener oder verdächtiger Bacillen entwickelten. Aus der Blüthe einer nach Rothschild benannten Rosenspielart wurde Leptothrix ostracea gezüchtet und aus der von rosa gallica (centifolia) sogar zweierlei Bacillenstöcke, nämlich Streptococcus pyrogenes und eine neue Bacillus gallicus genannte Form. Freire meint, daß hier nicht nur der Zufall seine Hand im Spiel habe, sondern daß gesetzmäßige Beziehungen zwischen den Bacillenarten und den Blüthen bestehen, in denen sie angetroffen werden, als Beweise solcher Beziehungen deutet er folgende Erscheinungen. Die Kulturen von Leptothrix ostracea besitzen, bevor sie schließlich ziegelroth werden, denselben Farbenton wie die Spielart Rothschild.«

Doktor Emil ließ das Blatt auf einen Tisch fallen und sich selbst in einen Lehnstuhl –, »es ist schrecklich . . . schrecklich! . . . die Unvorsichtigkeiten, die man aus Mangel an wissenschaftlicher Bildung begeht, die Gefahren, denen man sich aussetzt! . . . Höre nur weiter . . .«

Und nun folgte eine lange Aufzählung der Blumen, mit welchen man in Folge ihrer Bacillenverdächtigkeit den Verkehr meiden müsse, – vor allen anderen zeigten sich verschiedentlich, besonders anmuthige Rosengattungen verpönt. »Denke Dir, aus der wundervollen nach Rothschild benannten Rosenspielart wurde Leptothrix ostracea gezüchtet!«

Während nun Frau Marie sämmtliche Rosen, welche zum Schmuck der Stuben herumstanden, mit Carbol anspritzte, spazirte der Doktor etwas tiefer in den Park hinein, um für seinen, durch den Artikel mächtig erregten wissenschaftlichen Eifer neue Opfer zu suchen. Da bemerkte er plötzlich etwas, das ihm, wie er sich später ausdrückte, einen Schauer von Hagelkörnern über den Rücken trieb. Es war Liesel, die neben Peterl im Grase saß und ihm liebevoll die Ohren zauste. Sie hatte ihm soeben einen Kranz von Rosen über den Kopf gezogen, und in diesem Halsschmuck, welcher ihn ihrer Ansicht nach vortrefflich kleidete, fand sie ihn ganz und gar entzückend. – Er seines Theils warf sich hin und her vor Wohlbehagen und leckte ihr aus Dankbarkeit den kleinen Arm – das hatte der junge Mediciner ganz deutlich gesehen: der Hund berührte den Arm des Kindes mit seiner Zunge!

Nun gab es auf der Welt nichts Bacillenhaltigeres als eine Hundezunge, da ein Hund bekanntlich ungenirt an allerhand Dingen herumleckt, die er lieber ungeschoren lassen sollte. Und obendrein trug er einen Kranz aus Rosen um den Hals!

Der junge Gelehrte erstarrte vor Schrecken..

Als seine Geistesgegenwart sich von Neuem bei ihm eingestellt hatte, faßte er Liesel unter beiden Achseln und trug die empört aus seinen Händen Herausstrampelnde ins Schloß zurück. Liesel sah sich wie Hülfe suchend nach ihrem Freunde um. Aber der rührte sich nicht. Er saß da wie angewurzelt und machte über den zerzausten Rosenkranz hinüber, der ihm um den Hals hing, ein ebenso hülfloses wie trübsinniges Gesicht. Er sah, daß hier weiter nichts zu thun war. – Ihm ahnte Böses, und seine traurige Ahnung ging nur zu bald in Erfüllung.

Der junge Mediciner wußte der Stiefmama die unausbleiblichen Folgen, welche Liesel's Umgang mit Peter nach sich ziehen mußte, so entsetzlich darzustellen, daß die Stiefmama erklärte, Peterl müsse auf der Stelle weggegeben werden.

In ihrem ersten Schrecken wollte sie auch zugleich die Kinderfrau wegschicken, welche Liesel's Verkehr mit Peterl gestattet, sowie den Kutscher, welcher Peterl bei sich beherbergt und die Freundschaft des kleinen Fräuleins mit dem Hunde wohlgefällig unterstützt hatte. Da sich aber Herr von Feldeck wieder einmal »auf der Jagd«

befand, mußte man seine Rückkehr abwarten, um etwas Definitives beschließen zu können.

Gegen Abend kam er zurück, machte sein freundlichstes Gesicht und nannte seine Frau »Mausi«. Eine Anwandlung von Flitterwochenverliebtheit durchwärmte ihre gelehrte Seele. Eigentlich hätte sie am liebsten alle Bacillen der Welt vergessen, um ungestört die Stunde genießen zu können, welche das Schicksal ihr bot. Aber – »die Pflicht vor Allem!« lautete ihr Wahlspruch, und nach dem richtete sie sich.

So erzählte sie denn Herrn von Feldeck mit fliegendem Athem und schreckenerregenden Beiwörtern die ganze Geschichte. Herr von Feldeck verstand das musterhafte Hochdeutsch seiner gebildeten Gattin überhaupt schlecht, am allerschlechtesten aber, wenn es mit hochtrabenden Bei- und Fremdwörtern garnirt war. Für ihn hatte das, was sie vorbrachte, weder Hand noch Fuß. Nur so viel hörte er aus all' dem heraus, daß seine Frau schon wieder im Begriffe stand, einen »Krawall« heraufzubeschwören. Und diesmal riß ihm die Geduld, – die Sache war ihm gründlich zuwider. Er zog seine dunklen Augenbrauen zusammen und begann: »So gut ich's verstehe, Marie« – mit Mausi war's vorläufig zu Ende – »so gut ich's versteh', handelt sich die ganze Aufregung darum, daß der kleine Stallköter meinem Mädel die Hand geleckt hat!«

»Nicht die Hand,« unterbrach sie ihn. »Gott sei Dank, so arg war's nicht, aber den Arm . . . begreifst Du denn nicht, wie gefährlich . . .«

»Nein, ich begreife nicht,« erwiderte der Gatte trocken; »da der Köter eben so gutmüthig als garstig ist – und gesund dazu, begreif' ich Deine Aufregung durchaus nicht. Ich bin zwischen Hunden und Pferden aufgewachsen, und wenn meine Eltern jedesmal das halbe Dienstpersonal hätten hinausjagen sollen, sobald mir ein Hund oder ein Pferd die Hand geleckt hatte, da wären wir weit gekommen!«

»Aber Leopold! . . . bedenke den Fortschritt der Wissenschaft! In Deiner Jugend wußte man noch nichts von Bacillen, man konnte nicht daran denken, Gefahren vorzubeugen, die man nicht fürchten gelernt hatte!«

»Ach der Teufel hole die Wissenschaft, wenn sie Einem jedes Plaisir vergällt, und mit den ewigen Gefahren, denen man vorbeugen muß, laß mich aus! Etwas muß man doch auch dem lieben Gott überlassen!« schnaubte Leopold.

»Gewiß«. erwidert sie ihm in ihrer belehrenden Weise – »nur nicht zu viel!« – Nach einer Pause hub sie von Neuem an: »Uebrigens weißt Du, was den Gottesbegriff anbelangt . . .«

Da aber hielt sich Herr von Feldeck die Ohren zu und lief davon. Er ertrug viel von seiner gelehrten Frau – nur nicht Vorträge über den »Gottesbegriff«.

Natürlich bereute er kurz darauf seine Ungezogenheit und büßte sie ab mit Concessionen.

Schließlich wurde die Angelegenheit folgendermaßen geordnet: die ganze Last der Strafe fiel auf Peterl's schwachen Rücken. Kutscher und Kinderfrau kamen mit einem blauen Auge, d. h. mit einer vernichtenden Strafpredigt davon; aber für Peterl gab's keine Gnade, der mußte binnen drei Tagen entfernt werden. Entweder er kam fort – oder er wurde erschossen.

Bei dem Gedanken, daß sein harmloser kleiner Schützling erschossen werden sollte, weinte der dicke, alte Kutscher wie ein kleines Kind. Und Peterl, der die drei Tage über natürlich den strengsten Hausarrest erdulden mußte, sah ihn mit seinen rührenden Augen immer so traurig an, daß dem Dicken das Herz mit jeder Stunde schwerer wurde.

Die Kutscherfrau rieth ihrem Mann, sich in die Sache zu fügen – »Herrschaft bleibt Herrschaft«, sagte sie – »die Herrschaft hat immer Recht – das ist einmal so – und es handelt sich ja doch nur um ein unvernünftiges Thier!«

»Ach, gib Du mir Ruh',« erwiderte der Kutscher – »ein Hund hat oft mehr Verstand als ein Mensch, – und mehr Herz hat er fast immer; Peterl – mein armer Peterl!« Und dabei klopfte er dem kleinen Köter liebevoll auf den Hals, und Peterl wedelte hierauf mit dem Schweif. Aber er sah immer gleich traurig aus, und seine armen, geängstigten Augen fragten deutlich: »Was nun?« Er hatte nämlich genau verstanden, um was sich's handelte. Denn wenn die hochmüthigen Menschen, die sich so viel besser und klüger als die Thiere dünken, auch nie lernen, die Hundesprache zu verstehen, so verstehen im Gegentheil die Hunde von dem, was die Menschen reden, jedes Wort, – besonders. wenn es auf die Hunde Bezug hat.

Der Kutscher überlegte indessen, wie er es anstellen solle, damit Peterl's Zukunft sich nicht gar zu traurig gestalte. Ihn irgend Jemandem in den umliegenden Ortschaften zu schenken, hätte nichts genützt, da Peterl auf meilenweite Entfernung doch immer den Weg zu seinem geliebten Stallhof und seiner noch geliebteren Liesel zurückgefunden hätte. Er mußte irgendwohin expedirt werden, von wo aus die Gefahr seiner Rückkehr nicht mehr befürchtet zu werden brauchte.

Ein ganzer Tag verstrich; der Kutscher hatte nichts ausgeklügelt zu Peterl's Rettung. Der zweite Tag brach an, die Sonne stieg höher und höher, wendete sich schließlich dem Westen zu; – die Schatten wurden lang – der Kutscher speculirte noch immer. Er hatte indessen Peterl angebunden, damit dieser nicht durch erneuerte Ausflüge in den Park und zärtliche Zusammenkünfte mit Liesel die Empörung der Herrschaften vermehren möchte. Anfangs hatte Peterl geheult und an dem Strick gebissen. Jetzt aber lag er ganz geduldig still vor dem kleinen Hundehaus, das neben die Stallthüre gestellt worden und vor dem er an einen Pflock festgebunden war. Er hatte sich wie eine Schnecke zusammengedreht und sein Köpfchen unter das Hinterbein gesteckt. Er wollte der Zukunft nicht in die Augen sehen.

Der Kutscher saß vor ihm auf einer hölzernen Bank und grübelte noch immer. Einen kurzen Augenblick hatte er daran gedacht, um Peterl's willen den Dienst zu kündigen. Den Gedanken jedoch gab er bald auf. Denn wenn er Peterl liebte, so liebte er auch seine Pferdchen, den schwarzen Lepidus und die blonde Licenz, – er liebte den Stallhof, der mit der Försterei verbunden war, und in dem er mit dem Förster und dem Heger seit beinahe zehn Jahren hauste, – er liebte die Linden im Park, von denen der Geruch im Juni und Juli über die Dächer hinüber in den Stallhof drang, – und vor Allem liebte er Liesel, die ihn manchmal mit ihrer Kinderfrau besuchen kam, und deren Stimmchen girrend und lachend von früh bis Abend aus dem Park herüberklang.

Der Lohn war gut, Arbeit nicht übermäßig und die Herrschaft zu ertragen. Es war eher eine gute Herrschaft. Der Herr war sehr gut, die neue Gnädige . . . freilich, die sekirte oft, – aber bei einem Ehepaar ist immer ein Theil schlimmer als der andere; man muß froh sein, wenn man's aushalten kann. Der Kutscher wußte das aus Erfahrung. Nun, was war zu thun?

Der Heger, dem der Auftrag geworden war, Peterl, falls der Kutscher keine anderweitige Versorgung für ihn ausgekundschaftet hatte, zu erschießen, schritt, das Gewehr über der Schulter durch den Hof, und schielte mit einem recht bösen Blick nach der Hundehütte, vor welcher der unschuldig Verurtheilte noch immer geduldig zusammengekauert lag.

Der Heger und der Kutscher hatten sich wieder einmal in den Haaren gelegen, und der böse Blick war die Folge davon. Sie zankten sich oft, aber das hatte weiter nichts zu bedeuten. Die Versöhnung blieb nicht lange aus. Diesmal war die Sache ernster.

Der Kutscher seufzte tief. – Endlich kam ihm eine Erleuchtung. Er erinnerte sich, daß sein Bruder, der ein Kunstgärtner bei X . . . . war, sich einen der weißen Spitze, die er im zarten Kindesalter kennen gelernt, für seine Frau gewünscht hatte. Damals, als die Knirpse noch in tadelloser Schönheit prangten und Katja's mangelhafte Rassenreinheit von Niemandem geahnt wurde, hatte der Kutscher nicht darauf hoffen dürfen, dem Bruder einen der Hunde zuwenden zu können; jetzt aber lagen die Sachen anders. Er schrieb sofort ein paar Zeilen an den Kunstgärtner, und zwar folgendermaßen:

»Milí bratře (lieber Bruder)!

Durch die besondere Gnade meiner Herrschaft, welche sich bewogen fühlte, mir einen Beweis allerhöchsten Wohlgefallens zu geben, ist mir einer der weißen Spitze geschenkt worden. Bitte telegraphire augenblicklich, ob Du noch wünschest, das Thierchen zu besitzen.

Es hat Eile, da ich im entgegengesetzten Fall Jemand anderen damit beglücken möchte; die Leute reißen sich um die weißen Hunde, die, wie Du weißt, eine große Seltenheit sind. Es warten hier fünf darauf – falls Du den Spitz nicht mehr wolltest, würden sie darum loosen. Ich kann sie nicht alle befriedigen und möchte doch

Keinen kränken, aber Du gehst natürlich vor. Also telegraphire sofort Deinem Dich liebenden Bruder

Wenzl Petrzilka.«

Dieser wahrheitsgetreuen Epistel wurde natürlich die gewünschte Antwort zu Theil, nämlich ein Telegramm des Inhalts: »Hund sofort abschicken!«

Der Kutscher athmete erleichtert auf. Dann betrachtete er Peterl, welchen er sonst immer nur mit Liebe anzusehen pflegte, zum ersten Mal in seinem Leben kritisch.

Peterl befand sich entschieden auf einer ungünstigen Entwicklungsstufe. Was würde der Bruder sagen zu den unverhältnißmäßig großen Ohren, zu dem kahlen Schweif? – Hm . . . hm! Das war recht fatal: Peterl würde sich schon herauswachsen, aber leider war der Kutscher der Einzige, der daran glaubte!

Mit schwerem Herzen zimmerte er dem armen Peterl aus Kistendeckeln den Käfig zusammen, in welchem er die Reise antreten sollte. Die Kutscherfrau wusch ihn indessen mit Seife und Soda und knüpfte ihm ein rothes Band um den Hals; dann setzte sie ihm sein Lieblingsgericht, süßen Reisbrei, vor. Aber Peterl merkte, daß etwas Verhängnißvolles im Gange war. Er steckte sein Näschen in den Brei und wandte es gleich darauf ab. Er konnte nichts essen. Die Kutscherfrau redete ihm zu und streichelte sein Köpfchen. Er wedelte mit seinem garstigen Schweif und leckte ihr die Hand, um ihr seine Dankbarkeit zu beweisen, – aber essen konnte er nicht.

Die Kutscherfrau fing an zu weinen, der Kutscher fuhr sie an, dann aber trat ihm selber das Wasser in die Augen.

Als er mit der Kiste fertig war, wurde er nachdenklich.

Es wäre doch zu traurig, wenn der arme Peterl fort müßte, ohne von seiner kleinen Herrin Abschied genommen zu haben. Das meinte die Kutscherfrau auch. Aber wie eine letzte Zusammenkunft herbeiführen?

Wenn es schönes Wetter gewesen wäre, so hätte sich die Sache eher gemacht. Er hätte der Kinderfrau und Liesel aufgelauert im Park. Aber es regnete in Strömen.

Da blieb denn nichts Anderes übrig, als ins Schloß zu schleichen, in das Bügelzimmer einzudringen und eines der Stubenmädchen zu bitten, sich an die Kinderfrau zu wenden mit der Frage, ob sie ihre kleine Schutzbefohlene nicht in den Stall bringen wolle, damit sie von ihrem guten Freund Abschied nehme.

Das Stubenmädchen, welches eine Schwäche für Peterl, nebstbei Gründe hatte, sich mit dem dicken Kutscher gut zu stellen – da er um mehrere ihrer Geheimnisse wußte, – verfügte sich denn auch ganz bereitwillig in die Kinderstube, kam aber mit der entmutigenden Nachricht zurück, die Frau Streubel könne der Aufforderung des Herrn Petrzilka nicht nachkommen, so leid es ihr auch thäte; sie habe strenges Verbot. Diesem zuwider zu handeln, hieße ihre Stelle aufs Spiel setzen. Um die Stelle sei's ihr zwar gar nicht zu thun, Stellen bekäme sie genug und sogar bessere; aber von Liesel wollte sie sich nicht trennen, denn ein reizenderes Kind habe sie auf der Welt nicht gesehen.

Da zog denn der Kutscher wieder ab, in den Stall zurück, wo er sofort seinem Weibe erzählte, wie es ihm im Schlosse ergangen, wobei er natürlich gewaltig auf die Frau Streubel zu schimpfen begann, welche er als eine infame deutsche Intriguantin bezeichnete.

Er selber war nämlich ein Altczeche und hegte die strengsten conservativen und nationalen Ueberzeugungen. Wenn er nüchtern war, äußerten sie sich friedlich. Aber heute hatte er einen Schnaps getrunken, um sich für die bevorstehende Trennung von Peterl zu stärken, – da wurde er immer rabbiat.

Sein Weib fing sofort an, ihm die Leviten zu lesen. – Er gehe viel zu weit und schütte das Kind mit dem Bade aus, – die Frau Streubel sei eine gute Frau, wenn auch eine Deutsche, und daß sie dem Verbot der Herrschaft nicht zuwider handle, sei nur in der Ordnung. »Denn Herrschaft bleibt Herrschaft, das hab' ich Dir schon einmal gesagt,« erklärte sie.

Der Kutscher antwortete nichts mehr – es brummte ihm der Kopf vor Sorgen und Branntwein. Er wendete sich ein letztes Mal zu Peterl und ließ sich seine Kunststücke von ihm vormachen. Peterl führte alles aus, aber mit so traurigen, geduldigen Augen!

Der Kutscher seufzte, dann klopfte er ihn ein letztes Mal ab, seufzte noch einmal und ... plötzlich legte er den rothen Zeigefinger an die Stirn. Das bedeutete so viel, als daß in seinem Kopf ein neuer Gedanke aufzudämmern begann. Seine Gedanken brauchten sehr lang zum Ausreifen, dann aber waren sie auch darnach.

Wenzl Petrzilka stand auf, schnitt einen langen Papierstreifen zurecht, denjenigen ähnlich, die den Medicinflaschen an den Hälsen hängen, und schrieb darauf: »Hier ist der Hund! Er heißt Peterl. Bitte, seine Struppigkeit zu verzeihen – diese ist etwas Vorübergehendes und liegt in der Rasse. Er wird noch sehr schön werden. Im Uebrigen kann er apportiren, aufwarten, Purzelbäume schlagen und verlorene Taschentücher finden. – Dein treuer Bruder W. P.«

Diesen Steckbrief mußte die Kutscherfrau dem armen Peterl an das Band stecken, welches seinen Hals schmückte.

Und nun hatte die Abschiedsstunde geschlagen – es gab kein Zögern mehr. Peterl wurde in den Lattenkäfig gesteckt. Er wehrte sich, wie er konnte; zweimal entwand er sich seinen Freunden und versteckte sich in die fernste Ecke des Stalls, wo er dann schwanzwedelnd mit Augen, aus denen die Todesangst herausleuchtete, stumm um Gnade flehte. Es nützte nichts – in den Käfig mußte er! Und als er drin war, nagelte der Kutscher den Deckel auf den Käfig. Der Stallbub lud das Gehäuse auf den Einbringwagen, mit dem der Kutscher zur Post fahren sollte, und holperti, polterti ging's hinaus, den dicht umbuschten Weg hinunter, der aus dem Park führte, und in dem die letzten Regengüsse grausame Risse gemacht hatten.

Peterl rüttelte nicht mehr an den Stäben, er war zu müde zur Verzweiflung. Der letzte Hoffnungsschimmer war in seinem kleinen Hundeherzen gestorben. Elend, zusammengekauert, mit gesträubtem Fell lag er in einer Ecke seines Käfigs ... Da rief ein feines Stimmchen plötzlich: »Peterl! Peterl!«

Er fuhr auf, er zappelte, tanzte, wedelte.

Die sich bereits senkende Sonne trat aus den Wolken, und ihre Strahlen legten sich weich und goldig über das vom letzten Regen noch triefende Gras.

Liesel machte ihren Nachmittagsspaziergang mit Frau Streubel. Jetzt kam sie an der Hand der Gestrengen einen Seitenpfad entlang, der auf die Straße mündete. War es Zufall, oder hatte Frau Streubel ein Einsehen gehabt? Auf Letzteres deutete ein Biscuit in Liesel's Hand.

Der Kutscher hielt. Die Frau Streubel, welche zu finden schien, daß ein Hund im Käfig Niemandem mehr gefährlich vorkommen kann, hob die Kleine so, daß sie dem Peterl das Biscuit zwischen die Stäbe seines hölzernen Kerkers stecken konnte – dann streichelte Liesel noch den Käfig, klopfte mit ihren zarten Patschen darauf herum, rief einmal ums andere: »Peterl! armes Peterl!« bis Frau Streubel erklärte: jetzt sei's genug. – Da zogen die Pferde an, der Wagen setzte sich in Bewegung. – Das Letzte, was Peterl sah, war Liesel, die auf einer hohen, smaragdgrünen Rasenböschung dem davonholpernden Gefährt nachspähte und ihm Kußhändchen zuwarf.

Jetzt wendete sich der Weg. Er sah sie nicht mehr, aber durch das Rauschen der Büsche hindurch hörte er's ein letztes Mal: »Peterl, armes Peterl!«

Er wedelte mit dem Schweif, seufzte auf und – legte sich nieder. Liesel's freundliche Augen hatten ihm ein wenig Muth gemacht. Es würde vielleicht doch nicht gar so schlimm kommen, dachte er.

Nun, schön war's immerhin nicht, was er in den nächsten vierundzwanzig Stunden erlebte. In Folge der Haltestation im Park war der Kutscher knapp vor Thorschluß auf die Post gekommen; es blieb ihm nur noch Zeit, den Hund aufzugeben; dann legte er zum Abschied die Hand auf den Käfig, sagte »Adieu, Peterl!« und die Thüre hatte sich hinter ihm geschlossen – Peterl lag ganz verlassen da in der fremden Poststube zwischen verschiedenen Paketen und Kisten, mit denen er eine Viertelstunde später in den gelben, mit einem doppelköpfigen Adler verzierten Wagen verladen wurde, den er bereits bei der Anfahrt vor dem Postgebäude bemerkt hatte. Dann wurde er umgeladen in irgend einen ganz dunklen Raum, wo neben ihm noch ein Hund bellte und verschiedenes Geflügel, jedes nach seiner angebornen Art, Spectakel machte.

Plötzlich schrie etwas draußen langgedehnt, fürchterlich, dann fing der dunkle Raum an sich zu schütteln, die Gänse schnatterten, die Hühner gackerten, ein Kalb blökte, ja die Wände der dunklen Stube selbst schienen zu stöhnen und zu schreien. – Mit Schrecken dachte Peterl, daß dies überhaupt nicht mehr aufhören würde, – daß das die Hölle sei, von der die Frau des Kutschers einmal mit dem Stallbuben gesprochen, die ewige Qual, mit der die Menschen gepeinigt wurden, die nicht hatten folgen wollen.

Aber er war ja gar kein Mensch, nur ein armer kleiner Hund, und er war immer so brav gewesen!

Anfangs drehte er sich in seinem Käfig herum wie ein Kreisel und bellte, bis ihm der Athem verging. – Dann sank er todtmüde nieder. Er war heiser – er konnte nicht mehr bellen, und rühren konnte er sich auch nicht mehr, da ihm jeder Knochen in seinem Körperchen wehe that. So ließ er denn Alles über sich ergehen.

Von Zeit zu Zeit blieb die dunkle, närrisch herumtanzende und stöhnende Stube, in welcher er sich befand, stehen, und einer oder der andere von Peterl's Reisegefährten wurde herausgeschoben. Erst das Kalb, dann die Gänse. Peterl sagte sich, endlich würde die Reihe auch an ihn kommen, und das war ein Trost.

Und die Reihe kam auch an ihn. Das weißliche Morgenlicht drang durch die Thür der dunklen Stube, als diese mit einem scharfen Ruck zum dritten Mal stehen blieb.

Ein Mann trat herein, stöberte da und dort herum und wollte wieder fortgehen – gerade, als ob er den Gegenstand, den er gesucht, nicht hätte finden können. Da rief von draußen eine Stimme: »Ich weiß es bestimmt – es muß ein Hund da sein – er ist in Risnitz aufgegeben worden – Abends um 7 Uhr!«

Peterl fing an zu bellen, so laut er mit seinem wunden kleinen Hals noch bellen konnte . . . »Haf . . . haf . . . haf!«

»Hab' ich's nicht gesagt?« rief die Stimme von draußen – »jetzt aber schnell!«

In aller Eile wurde Peterl's Käfig ins Freie gesetzt, und zwar auf die gepflasterte Plattform eines Stationsgebäudes, dessen verwischter Umriß gerade anfing, sich aus der Morgendämmerung herauszuarbeiten.

Peterl erblickte bläulich rosa ins Morgenlicht hereinschillernde Fensterscheiben, eine gelb angestrichene Veranda, mit wildem Wein umrankt, in dem der Morgenthau kühlend von einem Blatt ins andere raschelte.

Er athmete auf, während er sich aus seinem Käfig heraus nach einer neuen Wendung seines Schicksals umsah. Drei oder vier Männer, von denen der eine eine rothe Mütze und blanke Knöpfe an einem blauen Rock trug, hatten sich um den Käfig versammelt, und einer von ihnen, der in einem sauberen bürgerlichen Anzug dem Kutscher Petrzilka sehr ähnlich sah, nur daß er einen Schnurrbart trug, erklärte dem mit den blanken Knöpfen: der soeben angelangte Hund sei »etwas Großartiges«, das sein Bruder durch besondere Protection geschenkt bekommen habe, – der Hund heiße »Peter«, und sein Großvater sei der Lieblingshund des Kaisers von Rußland.

Nun wurde der Hundekäfig vorsichtig geöffnet.

Die Männer hatten sich herumgestellt, damit der kleine Reisende nicht davonlaufen könne.

Er schien keine Lust dazu zu haben. Freundlich blinzelte er Demjenigen, den er als seinen neuen Herrn erkannte, zu, und wedelte mit seinem Schweif.

»Etwas ganz Beson . . .,« begann der neue Herr wieder, – aber beim Anblick Peterl's blieben ihm die zwei Silben des eben begonnenen Wortes im Halse stecken.

»So . . . so!« murmelte der Mann mit der rothen Mütze und den blanken Knöpfen, den die Anderen als Herrn Stationschef anredeten.

»Ein allerliebstes, freundliches Hundl«, versicherte einer der Packer und begann den verdutzten und verschämten Peterl zu streicheln – »und hübsch wird er auch noch, wenn ich mich nicht sehr irre!«

»Hm! hm! Wie sagten Sie . . . ein sibirischer Bärenhund?« fragte der Stationschef. »Sonderbar! er hat so lange Ohren; Bärenhunde haben gewöhnlich spitze Ohren und einen buschigen Schweif. – Dieser hat keinen buschigen Schweif!«

»Das wird alles noch werden,« erklärte überlegen Peterl's neuer Herr, der indessen den Papierstreifen am Hals des Ankömmlings entdeckt hatte. »Ich empfehle mich Ihnen, Herr Stationschef.« Damit nahm er Peterl unter den Arm und marschirte mit ihm aus dem Stationsgebäude hinaus bis zu seiner Britzka, die draußen auf der Straße seiner wartete.

Er setzte erst Peterl in den Wagen, sprang dann selber nach und hieß den Kutscher, einen plumpen Bauernburschen in einer carirten Zwilchjacke, zufahren.

»Es ist etwas nicht ganz in der Ordnung,« murmelte er, indem er den Hund musterte, der sich bescheiden zu seinen Füßen zusammengeduckt hatte. »Was nur die Rosa dazu sagen wird?«

Die »Rosa« war seine Frau – die Tochter eines Gewürzkrämers aus der nächsten Kreisstadt, der gute Geschäfte gemacht und sich drei Häuser gekauft hatte. Diese drei Häuser waren das Unglück des Kunstgärtners geworden. Erstens hatten sie ihn veranlaßt, seine jetzige Gattin zu heirathen und zweitens wurden sie ihm – wie er sich ausdrückte – jedesmal »an den Kopf geworfen,« wenn der geringste Anlaß zu Verdrießlichkeiten am ehelichen Horizonte aufdämmerte.

Während er mit Peterl nach Hause fuhr, fürchtete er sich im vorhinein vor den drei Häusern, und rieb sich von Zeit zu Zeit den Kopf, als ob er zukünftige Beulen daran spüre.

Indes ging's mit knarrenden, nach Theer riechenden Rädern über die staubige Straße, in deren Gräben Unkraut wucherte. Der Knecht in der braun und grau carrirten Zwilchjacke hielt die Zügel zwischen den Knieen, auf die er seine Ellenbogen gestützt hatte. Er machte einen runden Rücken, sein Kopf sank auf seine Brust, er schlief ein. Sein Herr ließ ihn schlafen. Das Pferd kannte den Weg – es war ein grobknochiges, langbeiniges braunes Pferd mit einem sehr langen Schweif, mit dem es sich unaufhörlich die Fliegen wegwedelte.

Der Kunstgärtner rieb sich noch immer den Kopf. Manchmal warf er einen Blick auf Peterl, der ihn unaufhörlich bittend ansah, als wolle er sagen: »Ich weiß, daß ich nicht so hübsch bin, wie Du es erwartet hast, aber ich werde ein so braver Hund sein!« Da fühlte der Gärtner deutlich, wie ihm eine Neigung zu Peterl ins Herz schlich, trotzdem dieser nicht so schön ausgefallen war, wie er es erhofft.

Aber was würde die Rosa sagen?

Neben der Straße begannen jetzt Häuser aufzuragen, – große, schmucklose Häuser, die noch keine regelmäßige Reihe bildeten, und hinter denen Schutt und Kehrichthaufen sich zwischen Zäunen thürmten, an denen zerrissene Kinderwäsche hing.

Der Kunstgärtner versetzte dem Knecht einen Stoß zwischen die Schulterblätter, um ihn aufzurütteln.

Der Knecht richtete sich auf und rieb sich schläfrig den Rücken seiner braunen Zwilchjacke. Durch eine Gasse, in der es nach Gerberlohe, welkem Gemüse und alten Selcherwaaren roch, ging's in eine Nebenstraße und dann durch ein geöffnetes Gartenthor – man war angekommen.

Zwischen Gemüsebeeten fuhr das Wägelchen, bis zu einem einstöckigen Haus, das oben sechs und unten fünf vor Sauberkeit glänzende Fenster und eine Thüre hatte. Auf der Schwelle der Thür stand mit erwartungsvoll glänzenden Augen die Frau Kunstgärtnerin, die sich der »Kaiserlichen Hoheit« zu Ehren eine schwarzseidene, mit bunten Blumen bestickte Schürze vorgebunden hatte. Der Hund, der Verwandtschaften am russischen Hofe besaß, imponirte ihr, als ob er selber ein Stückchen Großfürst gewesen wäre!

»Wo ist der Hund?« fragte sie.

»Da,« erwiderte verschämt der Gärtner, indem er Peterl aus dem Wägelchen helfen wollte. Aber Peterl brauchte keine Unterstützung, er sprang heraus mit der Flinkheit eines Seiltänzers und legte sich der Frau Gärtnerin vor die Füße.

Sie fuhr bei seinem Anblick entsetzt zusammen. »Das ist ja ein ganz gemeiner Köter!« erklärte sie.

Peterl, der wirklich die besten und einschmeichelndsten Absichten gehegt hatte, fühlte sich durch diesen Ausspruch gekränkt und knurrte ärgerlich.

»Das scheint Dir nur so im ersten Moment,« entschuldigte der Gärtner den kleinen Ankömmling. »Besieh Dir ihn näher, er hat wunderschöne Augen, er hat Augen wie ein Mensch.«

»Ach, was braucht ein Hund Augen zu haben wie ein Mensch! – Auf die Augen sieht man nicht. Ein gemeines Mistvieh ist's – zum Schinder mit ihm!«

»Er wird sich noch machen – da lies,« rief der Mann, und er reichte ihr den Papierstreifen, welchen Peterl um den Hals getragen hatte.

Die Gärtnerin, die sich übrigens von ihrem Dienstmädchen »gnädige Frau« tituliren ließ, wurde nachdenklich. »Vielleicht macht er sich wirklich noch,« murmelte sie, »aber weißt Du, Jaroslaw – sehen darf ihn einstweilen Niemand.«

»Ist auch nicht nöthig,« erklärte der Gatte. »Meinetwegen versteck ihn in der Küche, und wenn die Schwatzbasen kommen, denen Du, wie ich weiß, seine Ankunft schon angekündigt hast, sag ihnen: Se. Durchlaucht sei müd' von der Reise und empfange heute nicht.«

Der Gärtner war eine Zeitlang Kammerdiener bei einem Fürsten gewesen, und darum kannte er sich aus in den Sitten der großen Welt.

»Aber jetzt gib dem armen Thiere etwas zu fressen, hörst Du!« fuhr er fort.

Die »Gnädige« führte Peterl in eine sehr sauber gehaltene Küche, wo sie dem Dienstmädchen auftrug, dem Kleinen Milch und Semmel zu verabreichen.

Das Schüsselchen, in welchem ihm diese Leckerbissen vorgesetzt wurden, war zu klein – Peterl machte beim Essen zwei Flecken auf die Erde, das war der Gnädigen ein Greuel. Peterl wurde sofort für seine Ungeschicklichkeit gezüchtigt, aber vorläufig machte er sich nichts daraus.

Er war froh, ein gutes und reinliches Frühstück bekommen zu haben, froh, aus seiner Haft entlassen zu sein – außerdem war er todtmüde. Er kauerte sich auf einen Sack zusammen, den das gutmüthige Dienstmädchen hinter dem Herd für ihn ausgebreitet hatte, und schlief ein.

Er träumte von Monplaisir und schlief so fest und träumte so lebendig, daß er sich in der Situation gar nicht zurechtzufinden wußte, als er aufwachte. Mit erschrocken-aufmerksamen Augen blinzelte er in die ihm gänzlich fremde Umgebung hinein. Erst allmählich erinnerte er sich dessen, wo er war, und fühlte zugleich, daß in der Küche der Frau Kunstgärtnerin etwas Besonderes vorbereitet wurde. Rings um sich hörte er Tellergeklapper und Gläsergeklirr, der Herd sprühte Feuer, in Peterl's Ecke wurde es so heiß, daß er sein Plätzchen verließ und unter den Küchentisch kroch. Aber auch dort war seines Bleibens nicht; das Gepolter, das die Dienstmagd im Verein mit der Gärtnerin auf der Tischplatte ausführte, war so laut und aufregend, daß es ihn an nichts so sehr erinnerte als an seine unvergeßliche Eisenbahnfahrt. – Er verkroch sich unter einen Sessel, weil er das Zuckerstoßen und Mandelhacken über seinem Kopf nicht mehr aushielt. »Bum ... bum ... bum! – Bum ... bum ... bum!«

Er fing an, melancholisch zu heulen, und erhielt einen Fußtritt.

Nach einer Weile hörte das Gepolter auf, die Gärtnersfrau und das Dienstmädchen waren verschwunden, die Küche füllte sich mit würzigem Duft. Er sah unter dem Sessel hervor, unter dem er sich verdrießlich zusammengerollt hatte, und erblickte auf dem Küchentisch eine große Schüssel voll wunderschöner, dick mit weißem Zucker bestreuter Kuchen.

Die Schüssel übte eine geradezu dämonische Anziehungskraft auf ihn aus. Er war ganz allein! – Erst legte er den Kopf zwischen die Vorderpfoten und machte die Augen zu und zitterte am ganzen Leib aus Angst vor der Versuchung.

Nachdem er ein Weilchen in dieser Stellung verharrt hatte, fühlte er sich überzeugt von der Festigkeit seiner Principien, und davon, daß die Versuchung unfähig sei, über seinen starken Charakter zu siegen. Warum sollte er sich nicht in aller Unschuld und Enthaltsamkeit an dem Anblick der schönen Kuchen erfreuen?

So hob er denn den Kopf, betrachtete die Kuchen und athmete vergnüglich schnuppernd ihren Duft.

Ein Weilchen ließ er sich daran genügen. Aber immer schwerer fiel ihm die Entsagung. Bald lernte er, was viel Klügere und Bessere von ihm erfahren mußten, daß das einzige Mittel, der Versuchung nicht zu unterliegen, darin besteht, ihr den Rücken zu kehren. Denn es ist nun einmal ein solcher Klapperschlangenzauber in jeglicher Versuchung, daß Derjenige, der ihr ins Gesicht zu sehen wagt, immer den Kürzeren gegen sie zieht.

Peterl's Augen wuchsen sich fest an der Kuchenschüssel, der Mund wässerte ihm vor Eßlust, die würzigen Düfte umschmeichelten aufreizend seine schwarze Nase, – er suchte seine Sehnsucht durch immer intensiveres Schnuppern hinzuhalten, – aber dieser genügsame Genuß war nicht danach, ihn auf die Dauer zu befriedigen.

Volle fünf Minuten währte der Kampf mit seinem besseren Ich, dann streckte er die Waffen – es duftete zu schön! Mit der Kunstfertigkeit, die ihm im Springen eigen war, schwang er sich auf den Tisch hinauf, schnappte nach dem schönsten Kuchen... Doch kaum hielt er ihn zwischen den Zähnen, so öffnete sich die Thür, das Dienstmädchen trat ein. Peterl erschrak dermaßen, daß er bei einem hastigen Sprunge vom Tisch herunter die ganze Kuchenpyramide umstieß, so daß das Gebäck nach allen Seiten hin auf die Erde rollte.

Die Dienstmagd warf ihm in aller Eile einen zürnenden Blick zu; denn ihn zu züchtigen, blieb ihr keine Zeit mehr. – Sie las die Kuchen von der Erde auf, wischte sie mit dem Schürzenzipfel ab, schichtete sie von Neuem auf die Schüssel, von der sie herunter gefallen waren, bestreute die Pyramide mit Zucker und trug sie aus der Küche hinaus an ihren Bestimmungsort – d. h. in die Putzstube. Sie stieß an die Küche und war von dieser nur durch eine mit weißen Gardinen verhängte Glasthür getrennt.

Es war Alles glimpflich abgegangen. Außer dem ersten, gestohlenen Kuchen hatte Peterl noch einen zweiten verzehrt, der unter den Tisch gerollt war, und von dem reichlichen Mahle ermüdet, war er neuerdings eingeschlafen.

Da weckte ihn das Geklirr von Geschirr und Geschnatter von Stimmen, welches aus dem anstoßenden Raume hervortönte.

»Ja, ein wunderschöner Hund!« hörte er seine Herrin sagen –, in ganz Europa hat Niemand einen so schönen Hund, außer dem Kaiser von Rußland. Sein Vater ist der Liebling des Zaren, der auch Niemandem einen von der Rasse geschenkt hat als dem Kaiser von Deutschland und meinem Schwager . . .« Dann mit einem nachdenklichen Zusatz: »Damit ich nicht lüg'! ich glaube, der König von Dänemark hat auch einen . . . Ja, ja – der König von Dänemark . . . der Deutsche Kaiser . . . und wir . . .«

»Hm!« hörte Peterl weiter eine andere Stimme – die Stimme einer Frau, die zwischen jedem Wort schmatzte – »das ist ja sehr interessant, Frau Petrzilka; wie kommt denn Ihr Herr Schwager zu dieser hohen Auszeichnung?«

»Ach, mein Schwager ist Ingenieur, er baut die Eisenbahn zwischen . . . zwischen . . . ach, wie heißt es nur? . . . Gatschina und Sebastopol!«

»So, so, da ist Ihr Herr Schwager ja ein sehr einflußreicher Mann! Hm! hm!«

»Natürlich – mein Schwager hat aber auch schon zwei Nihilisten-complotte entdeckt – das erste Mal hat ihm der Kaiser den Wladi-mirorden geschenkt und das zweite Mal den Hund!«

»Ist es denn nicht gestattet, die Bekanntschaft Seiner Herrlichkeit zu machen?« fragte nun eine andere, dünne Stimme.

»Ach, leider heute nicht, mein Mann hat ihn nach Podmepitz mitgenommen, um ihn photographiren zu lassen, Frau Apotheke-rin.«

»Ach wirklich, wie schade!« – –

Dann hörte Peterl ein Weilchen nichts als Geklapper von Ge-schirr, worauf andauerndes Schmatzen folgte, zum Zeichen, daß eine neue Speise aufgetragen worden war.

Nach einer Weile wurde dieses Geräusch von Beiwörtern unter-brochen, als da sind: »ausgezeichnet . . . vorzüglich . . . großartig!« Zuletzt bat Jemand um das Recept, und dann fragte die dünne Stimme der Apothekerin: »Wie heißt denn dieses merkwürdige Hündchen?«

»Peterl, meine Damen – Peterl. Der Zar selbst hat ihm den Namen gegeben.«

Immer aufmerksamer horchte unser struppiger Freund. Ein Wunsch wandelte ihn an, die Kaffeegesellschaft nicht nur vom Hö-ren, sondern auch vom Sehen kennen zu lernen.

So sprang er denn auf den Stuhl, der vor der Glasthür stand und begann an dem geblümten Vorhang, welcher die Scheiben verhüll-te, zu zupfen, erst mit den Pfoten, dann mit seinen spitzigen, wei-ßen Zähnen. Der Vorhang war morsch – ritsch – ratsch riß er ent-zwei – das Fenster lag bloß, – Peterl, der sich mit den Vorderpfoten auf die Lehne des Sessels stützte, konnte bequem die ganze Gesell-schaft übersehen. Sie bestand aus vier Personen und war um einen zum Brechen voll beladenen Tisch gruppirt. Die Kunstgärtnerin saß mit dem Rücken gegen Peterl, der seine großmächtigen Ohren, so gut es anging, spitzte und sofort ein vergnügtes Bellen ausstieß.

»Peterl!« schrie mit kurzathmiger, tiefer Stimme eine Frau, die ein dunkelrothes Gesicht und ein kaffeebraunes Kleid hatte. »Peterl!« rief sie noch einmal. Sie war die Frau des Steuer-Einnehmers.

Peterl bellte noch vergnügter und machte Miene, sich durch die Glasthür in die beste Stube der Frau Kunstgärtnerin zu stürzen.

»Was für ein garstiger Köter!« bemerkte die Frau mit der dünnen Stimme, die Apothekerin.

Die Dritte am Tisch, ein mageres bescheidenes Mädchen, eine Lehrerin an der Industrieschule, meinte nur: »Hübsch ist er nicht, aber ein gutes, freundliches, lustiges Hündchen scheint es zu sein, und wenn er noch jung ist, wächst er sich aus.«

Starr vor Entsetzen, vor Bosheit und gedemüthigter Eitelkeit wendete die Gärtnerin sich um.

»Franzka!« schrie sie außer sich und mit der Geistesgegenwart der Verzweiflung: »Jag' den Köter hinaus; was hat er hier zu schaffen und mir die Küche zu verunreinigen! Marsch!«

»Komm, Peterl, komm her,« rief die in die Küche zurückgekehrte Franzka. Etwas verdutzt sprang Peterl von seinem Observatorium herunter, und während Franzka ihn hinausführte, hörte er noch die dünne Stimme der Apothekerin sagen: »Ach . . . Sie haben also zwei Hunde, die Peter heißen, Frau Petrzilka!«

Mit den Hoffnungen, welche die Frau Gärtnerin auf Peterl gesetzt hatte, war's vorbei! Sie war jetzt fest davon überzeugt, daß aus Peterl nie etwas werden würde, daß er ein ganz gewöhnlicher Köter war, und daß ihr Schwager sie angeführt hatte.

Sie regte sich fürchterlich darüber auf – unter Anderem auch, weil sie dem Schwager aus besonderer Dankbarkeit drei wunderschöne Melonen und einen Truthahn geschickt hatte. Aber das war doch nur Nebensache. Melonen waren dieses Jahr billig. Die Hauptsache war die Demüthigung oder, wie sich die Frau Gärtnerin ausdrückte, die »Blamage« vor der Nachbarschaft. Um die Situation zu decken, erzählte sie Allen, die es hören wollten, daß der eigentliche großfürstliche Peterl auf seiner Wanderschaft zum Photographen verloren worden sei.

Aber sie merkte ganz gut, daß ihr das Niemand glauben wollte, daß das nichts nützte, und daß alle Menschen sie auslachten. Aus Aerger darüber wollte sie den Hund todtschießen lassen. Aber ihr Gatte legte ein gutes Wort für ihn ein. So wurde Peterl dem Knecht übergeben, der mit den zwei Gärtnerburschen am äußersten Ende des Gartens in einer Stube knapp neben dem Stall wohnte, in dem der struppige Gaul mit dem langen Schweif untergebracht war.

Anfangs war Peterl mit dieser Veränderung sehr zufrieden. Man hatte ihm ein altes Hundehaus eingeräumt, in das er sich zurückziehen konnte, wenn er wollte. Im Uebrigen durfte er frei herumspazieren.

Leider machte er einen recht schlechten Gebrauch von seiner Freiheit. Er war sehr neugierig. Er beschnupperte alle Blumen, und denen, die ihm besonders gefielen, biß er die Köpfe ab. Er zertrampelte die Gemüseanlagen, und einmal hatte er die Scheiben eines Mistbeetes zertrümmert, auf denen er unbefangen herum gesprungen war. Er hatte sich dabei ein wenig beschädigt, aber nicht viel. »Unkraut verdirbt nicht,« erklärten die Gärtnerburschen. Sie prügelten ihn und legten ihn an die Kette.

In diesen gänzlichen und demüthigenden Verlust seiner Freiheit konnte sich Peterl nicht finden, und den Gärtnerburschen vergaß er die ihm angethane Schmach nie. Sein guter Charakter erlag dem Druck der Verhältnisse. Er wurde rachsüchtig und entpuppte sich sogar als ein fürchterlicher Ränkeschmied. Das erhabene Amt eines Nachtwächters, welches ihm anvertraut war, übte er in der spitzfindigsten Art dahin aus, daß er den Gärtnerburschen die empfindlichsten Unannehmlichkeiten bereitete. Er wußte recht gut, daß es ihnen verboten war, des Nachts den Garten ohne besondere Erlaubniß zu verlassen. Wenn sie sich Abends aus dem Staube machten, da sagte er kein Wort; wenn sie jedoch wiederkamen und sich stillschweigend an ihre Lagerstätten heranschleichen wollten, da bellte er, was er konnte – je später sie heimkamen, desto lauter, so daß der Gärtner jedesmal herauskam, um nachzusehen, welchen Dieb der treue kleine Wächter verrathen habe, woraus die Nachtschwärmer auf ihren bösen Schlichen ertappt und tüchtig abgekanzelt wurden.

Das freute Peterl, und wenn sie an seinem Hundehaus vorbeigingen, fletschte er die Zähne und schnappte nach ihren Fersen.

Das war jedoch nur eine vorübergehende Genugthuung. Nicht lange nach solchen Anfällen meldete sich schon wieder sein gutes Herz. Er wedelte mit dem Schweif und hätte sich am liebsten von den Burschen streicheln lassen. Aber auf diesen Einfall geriethen sie nicht, was ihnen in Anbetracht der Umstände nicht übelzunehmen war.

Und so wechselte in Peterl's armer, kleiner Seele der Zorn noch weiter ab mit der schwärzesten Melancholie. Und mochten sich nun seine Gefühle so oder so äußern, die Sehnsucht nach Liebe war immer dabei.

Warum liebte man ihn nicht mehr, und warum hatte er fortmüssen aus seinem heimathlichen Stall, fort von seiner geliebten Liesel?

Wenn er daran dachte, so heulte er laut und lang, und das stimmte seine ihm ohnedies übel gesinnte Umgebung nicht besser.

Die Gärtnerburschen hatten den boshaften Spaßverderber und Angeber satt. Sie sannen auf Mittel, ihn loszuwerden.

Einmal, während Peterl wie gewöhnlich angebunden vor seiner Hütte lag, hörte er, wie sie sich mit einander darüber beriethen, was mit ihm anzufangen sei. – Der Eine war dafür, ihm Gift zu geben, der Zweite meinte, das könnte heraus kommen. Er wisse wohl eine andere und vortheilhaftere Weise, sich mit dem Hunde abzufinden, bei der man, anstatt sich Schelte zu holen, noch ein paar Kreuzer herausschlagen könne. Sie wollten den Hund verkaufen und sein Verschwinden dadurch erklären, daß er sich von der Kette losgerissen habe und davongelaufen sei.

Der Mond stand voll am Himmel und goß sein grelles, weißliches Licht über den verstaubten, vertrockneten Garten, in dem die Georginen trotz alles Begießens die Köpfe zu senken begannen und die auf Samen gezogenen Malven bräunlich zusammengeschrumpft neben einem Gurkenbeet aufragten. Aus den in der Nähe gelegenen Vorstadtwirthshäusern tönte Musik, bald jämmerlich, bald frech. Ein häßlicher, dumpfer Geruch nach Straßenkehricht und verstecktem Unrath verpestete die dicke, heiße Luft. Und Peterl dachte an seine Hundekinderstube im Stall von Monplaisir mit dem sauberen gelben Stroh; er dachte an die thaufrischen Parkwiesen, auf denen er sich schon am frühen Morgen herumgetummelt, wenn ihn die Kutscherfrau mitnahm auf ihren Morgenspaziergang zum Brunnen, oder wenn sie für die Kaninchen Gras holen ging. Er dachte an Liesel, wie er mit ihr gespielt und sich in den Rosenhecken versteckt hatte vor dem Schloß, um sie neckend zu schrecken.

Und da überkam ihn eine solche Sehnsucht, daß er an seiner Kette rasselte wie toll, in dem Versuch, sich loszureißen, um entfliehen und den Weg in die Heimath zurückfinden zu können.

Dann aber überkam ihn eine große Muthlosigkeit; er ließ die Kette ruhen. Was hätte es ihm genützt, selbst wenn er sich hätte losmachen können, selbst wenn er den Weg in die Heimath zurückgefunden hätte! – Sie hatten ihn ja von dort hinausgejagt, sie wollten nichts von ihm wissen – Niemand wollte mehr etwas von ihm wissen – Niemand hatte ihn mehr lieb, von Allen war er verstoßen! – Und dagegen nützte alle Bravheit der Welt nichts. Darum wollte er auch gar nicht mehr brav sein, sondern boshaft, recht boshaft – so boshaft, daß man ihn todtschlagen sollte dafür. – Und kaum hatte er diese bösen Vorsätze gefaßt, so legte er den Kopf zwischen die Vorderpfoten und sehnte sich danach, daß ihn noch irgend jemand liebkosen möge, ehe er starb.

Er heulte die ganze Nacht, – und die Gärtnerburschen sagten, das sei unerträglich; offenbar wirke der Vollmond auf sein Gemüth, und das sei oft so bei Hunden.

Auf einem von Kehrichthaufen garnirten Bauplatz, der sich hinter der Kunstgärtnerei ausbreitete, hatten Komödianten ihr Zelt aufgeschlagen. Sie gaben dreimal des Tages Vorstellungen, und dazu spielte ein Leierkasten von früh bis spät, um der Umgebung ihre Anwesenheit zu verkünden und Publicum herbeizulocken.

Da es mit dem Leierkasten allein nicht gethan war, so wanderte der eine Komödiant mit seinen zwei Söhnen außerdem noch von Haus zu Haus und bat um die Gewogenheit (nebst Unterstützung) der Herrschaften. – Er kam auch in die Hütte, wo die Gärtnerburschen wohnten. Ein großer Mann mit einer rothen Zipfelmütze, neben ihm ein zehnjähriger Junge mit einer Bajazzomütze und ein kleiner, sechsjähriger ohne Mütze. Der alte Komödiant sah im ganzen Gesicht kupferfarbig aus. Er hatte sehr langes, zottiges, graurothes Haar, einen dicken, rothen Bart und hatte einmal als Statist bei der »Stummen von Portici« mitgewirkt. Daher seine rothe Mütze ebenso wie eine gestreifte Schwimmhose, die er über einem einmal weiß gewesenen Beinkleid trug.

Die beiden Knaben dagegen sahen sehr blaß aus. Sie erinnerten an Hungerkraut, das aus Schutthaufen herausblüht und im Staub erstickt.

Der Knabe mit der Bajazzomütze nahm demüthig seine Kopfbedeckung ab und fing an, Purzelbäume in der Luft zu schlagen, der Kleine begann auf den Händen zu laufen, wurde aber bald müde und blieb linkisch und verlegen stehen.

Als er Peterl bemerkte, lachte er ihm freundlich zu und streckte etwas zögernd und ängstlich das magere Händchen aus, um ihn zu streicheln. Ueberrascht von dieser Freundlichkeit, sprang Peterl schwanzwedelnd an dem Kleinen empor, worauf er theilweise aus Dankbarkeit, theilweise aus Ehrgeiz seine Künste zu produciren begann. Er setzte sich mit ganz geradem Rücken auf die Hinterbeine und ließ die Vorderpfoten zierlich herabhängen.

»Ihr habt da ein geschicktes Köterchen,« meinte der Komödiant.

»Ach, er ist ein infamer Kläffer,« gab ihm der erste Gärtnerbursche darauf zur Antwort, – derjenige, welcher Peterl hatte vergiften wollen.

Der zweite stieß ihn mit dem Ellenbogen. »Mein Kamerad will sagen, daß er ein vorzüglicher Wachhund ist« – äußerte er sich gegen den Komödianten, »und Ihr könnt Euch denken, daß uns das manches Mal genirt. Immer verräth er's, wenn wir von einem kleinen Spaziergang zurückkommen, macht einen Scandal, daß jedesmal der Herr aus dem Bett steigt und nachsehen kommt, was es gibt. Aber das ist sein einziger Fehler – sonst ist er, wie Ihr sagt, ein geschicktes Köterchen, dazu gutmüthig und mit der schmalsten Kost zufrieden. Da, komm herein, Peterl, – zeig, was Du kannst.«

Peterl begriff Anfangs gar nicht, woher er plötzlich zu all' dem Lobe kam, aber er wedelte vor Freude mit dem Schweif. Der Gärtnerbursch schnallte ihm die Kette mit dem Halsband ab, dann ließ er ihn Purzelbäume schlagen. Peterl machte einen nach dem andern, unermüdlich. Dann mußte er auf einer Leiter hinaufkriechen, dann mit einem kleinen Stäbchen zwischen Schultern und Vorderpfoten auf den Hinterbeinen gehen, endlich als todt hinsinken, nachdem der Gärtnerbursch mit einer Kapselpistole geknallt hatte.

Der Komödiant hockte auf der Erde nieder und streichelte ihn und nannte ihn einen artigen, kleinen Hund.

»So einen könnt' ich brauchen« – meinte er nachdenklich.

In dem Augenblick kam der Knecht, der dem aufmerksamen Wächter ebenfalls nicht gewogen war. »Du, Tondo! der Komödiant sagt, er könnte so einen Hund brauchen. Schad', daß er nicht uns gehört – sonst könnten wir ihn ihm verkaufen,« bemerkte der zweite Gärtnerbursch.

»Na, was das anbelangt,« erwiderte der Knecht – »das ließe sich vielleicht noch machen; der Köter wär' nicht der erste Hund, der sich verlaufen hätte.«

Dann folgte eine lange Conferenz, die damit endigte, daß die drei Verschworenen Peterl dem Komödianten für einen Gulden auszuliefern versprachen in der Nacht, die auf die letzte Vorstellung in der Nachbarschaft folgen würde.

Drei Tage tönte noch die jämmerliche Leierkastenmusik durch die staubige, dumpfe Luft, – dann eines Nachts kam der ältere der beiden Komödiantenbuben, Karlik mit Namen, über den Zaun gekrochen. Ehe Peterl sich dessen versah, hatte ihm der Junge das Maul zugebunden, dann einem der Burschen den vereinbarten Gulden eingehändigt und war mit Peterl fort auf die Straße hinaus, wo im Morgengrauen undeutlich groß und formlos eine Art Haus auf vier Rädern stand.

Eine Todesangst überkam Peterl bei dem Gedanken, daß er dieselben Qualen erleiden solle wie bei seiner ersten Reise; doch stellte er mit Vergnügen fest, daß vor dieses Wanderhaus ein einfacher, freilich sehr elender Gaul gespannt war, anstatt des feuerspeienden Ungethüms auf der Eisenbahn – daß es im Uebrigen nur *ein* Haus anstatt einer ganzen Reihe von Häusern war und in Folge dessen auf jeden Fall harmloserer Natur sein mußte.

Er hatte harte Zeiten durchgemacht und hoffte, es würde ihm endlich besser gehen. Und Anfangs gestaltete sich auch Alles ganz leidlich.

Der Raum in dem Wagen war, wenn auch mit allerhand unheimlichen Geräthen verstellt, doch ziemlich freundlich. Durch zwei winzige Fenster drang Licht – der kleine Komödiantenbub, welcher in einem verschossenen gelben Tricot auf der Erde saß, streckte ihm seine nackten Aermchen entgegen und fing an, ihn zu herzen, und ein noch junges Weib, das einen Säugling an der Brust hielt, legte diesen in eine Kiste, um dem neuen Ankömmling ein Schüsselchen mit Milch vorzusetzen. – In einer Ecke hockte der Schwiegervater, das Haupt der Komödianten, und leimte an einem Paar zerrissener Schuhe, während der Kupferfarbige draußen saß und den mageren Gaul kutschirte.

Mit winselnden Rädern setzte sich der Karren in Bewegung.

Bei der nächsten Raststation wurde Peterl von dem kupferfarbigen Komödianten auf seine Talente geprüft. Anfänglich ließ der Künstler ihn nur sein bereits einstudirtes Repertoire produciren. Das ging noch. Peterl fühlte sich zwar von dem Gerüttel in dem Thespiskarren herzlich müde und hungrig, und es war ihm deshalb nicht sehr nach Purzelbaumschlagen und auf zwei Beinen Spazierengehen zu Muthe. Aber er hatte so Manches hinnehmen gelernt in seinem kurzen Leben, und fügte sich in Folge dessen der ihm auferlegten Zwangsarbeit ziemlich gutwillig, in der heimlichen Hoffnung, sein letztes Kunststück mit einem guten Mittagessen belohnt zu sehen. Aber darin hatte er sich geirrt. Kaum war er mit seinen einstudirten Leistungen fertig, so begann der Komödiant mit dem Versuch, ihm neue Kunststücke beizubringen.

Auch dabei zeigte sich Peterl geduldig und sogar anstellig. Er dachte beständig an seinen alten Freund, den dicken Kutscher, und hatte es ordentlich darauf abgesehen, diesem freundlichen Lehrmeister Ehre zu machen. Als der Komödiant ihm aber einen alten großgeblümten Kattunrock umband, einen verknüllten Kinderhut auf den Kopf setzte und ihn aufforderte, in diesem Aufzug, einen Sonnenschirm unter der Vorderpfote, spazieren zu gehen, gerieth er ganz außer sich. Gutgezogener Hund, der er im Grunde trotz seiner abwärts führenden Lebensschicksale immer noch war, faßte er diese Maskerade als eine Entwürdigung auf und wollte sich dieselbe durchaus nicht gefallen lassen. Er riß sich den Rock mit den Zähnen vom Leibe und bohrte den mit dem Hut geschmückten Kopf in die Erde.

Der Komödiant schien auf diesen Widerstand gefaßt gewesen zu sein und hatte die Mittel in der Hand, ihn zu brechen. Es regnete Prügel und Hungerstrafen. Zwei Tage bekam Peterl auch nicht einen Bissen zu essen – bis er sich endlich in seine Degradation fügte, um eine Woche, nachdem er die Gärtnerei verlassen hatte, gravitätisch in seinem Madame Batavia-Costüm vor das Publicum zu treten.

Es war auf dem leeren Marktplatz eines mitten im Walde gelegenen Dorfes, wo die Vorstellung stattfand.

In der Mitte des Platzes ragte zwischen vier hohen alten Linden eine Mariensäule empor, rings um den Platz herum erhoben sich Bauernhütten mit dickem, grünem Moos auf den alten Strohdächern und mit vorspringenden, auf zwei Säulen ruhenden Holzgiebeln über grell weiß getünchten Wänden.

Es war Abend. Der Platz war mit bunten Papierlämpchen abgedeckt. Ringsum drängte sich Jung und Alt, Alles, was in dem verlassenen Dorf neugierig und schaulustig war. Auf die Production Peterl's folgte ein wahrer Beifallssturm. Aber das machte Peterl kein Vergnügen. Er hörte nicht auf, sich zu schämen.

Die Komödiantenmutter drehte den Leierkasten unermüdlich, das kleine Kind schrie. Der ältere Komödiantenbub ging mit schlecht verhehlter Angst und ganz kleinen Schritten auf einem gespannten Seil spazieren, der Komödiantenpräses hob mit einer Gebärde, welche Kraftanstrengung darstellen sollte, Zweihundert Kilogewichte, die natürlich nur eine pappendeckelne Täuschung waren, in die Höhe und spielte mit seinem jüngsten Buben Fangball. Und der Schwiegervater sang Lieder zur Guitarre. – Dann kam noch das Geklingel der Kreuzer in dem Klingelbeutel, den Honzik, der kleine Bub, herumtrug, – dann wurden die Lämpchen ausgelöscht, und der Leierkasten verstummte. Der Komödiant saß mit seiner Gattin neben einer der vier Linden, welche die Muttergottessäule umstanden, bei einem Feuerchen, auf dem ein Topf mit Kartoffeln dampfte, und überzählte die Einnahme, und Peterl hatte sich neben Honzik zusammengekauert, der sein besonderer Freund war. Honzik liebte nämlich den Peterl, und Peterl ließ sich lieben. Außerdem hatte er Mitleid mit dem armen kleinen Wicht, dessen Vater Fangball mit ihm spielte, um ein paar Kreuzer zu verdienen.

Und dann auch erinnerten ihn die weichen Hände des Knaben an Liesel.

Während der kleine Komödiant ihn streichelte, lag er, an seinem ganzen, abgemagerten Körper zitternd, sonst aber regungslos da. Und als man ihm sein Abendbrot vorsetzte, ließ er es unberührt stehen.

Es war eine wunderschöne Nacht, und die kleine Truppe campirte im Freien. Es war Alles still – still – todtenstill. Nur ab und zu tönte das Horn des Nachtwächters gedehnt und traurig in das feierliche Schweigen. Und in den Lindenkronen rauschte es schlaftrunken. Aus dem schwarzblauen Himmel blinkten zahllose Sterne, über dem Gezack der Fichtenwälder, die man hinter den Hütten des Dörfchens aufragen sah. Der Rasen unter den Linden war frisch und feucht, ein unbeschreiblich süßer Duft von Quendel und anderen Kräutern würzte die Luft, der häßliche Vorstadtdunst war weit. Eine verschleierte Helligkeit lag über dem Dorf.

Plötzlich zeigte sich im Osten über den Wäldern ein rother Schein. Peterl sprang auf, – er fragte sich, ob das Feuer sei. Aber nein, es war nur der Vollmond, der aufging. Erst ganz groß röthlich und matt schimmernd, aber je höher er den Himmel hinan stieg, um so kleiner wurde er und um so heller sein Licht. Es glänzte sanft auf dem smaragdgrünen Moos der alten Strohdächer, es ruhte perlenweiß auf den Mauern, aus denen die kleinen Fenster blinkten.

Immer höher stieg der Mond, und je höher er stieg, um so tiefer schwieg die Erde – immer stiller wurde es – so still, daß man die Bäume athmen hörte.

Es war zu schön – es erinnerte Peterl an die Heimath, und Alles, was ihn an die Heimath erinnerte, that ihm unsäglich weh. Eine Weile trachtete er seinen Schmerz dadurch zu zerstreuen, daß er energisch in das Gras hineinbiß; aber dann war's ihm plötzlich, als höre er Liesel sagen: »Dummer Peterl! friß doch nicht Gras; wenn du Gras frißt, so wird's regnen!«

Da war's aus mit seiner Selbstbeherrschung; wenn er an Liesel dachte, da hielt keine Selbstbeherrschung mehr – er heulte laut und immer lauter. Der Vollmond wirkte entschieden aufregend auf sein Gemüth.

Die schönen Nächte waren gezählt. Einmal nach einem besonders heißen Tag kam ein Gewitter, es blitzte und donnerte und regnete Stunden lang, und als es aufgehört hatte zu donnern und zu blitzen, war es kalt geworden. Die Hälfte des Laubes lag unter den Bäumen, und ein böser Wind fuhr tobend über die Welt und that, was er konnte, um die Blätter, die noch an den Zweigen hängen geblieben waren, ebenfalls herunterzureißen. Der arme, lahme Gaul konnte den Thespiskarren kaum mehr ziehen – erstens nicht, weil die Räder im Koth stecken blieben, und zweitens, weil die Last, die er zu ziehen hatte, immer schwerer wurde, sintemalen sich die ganze Truppe, von welcher sonst häufig ein Theil zu Fuß gewandert war, jetzt vor den Grausamkeiten des Herbstes im Karren zu bergen trachtete.

Peterl hoffte, es würde wieder besser werden, und es kamen auch noch ein paar hübsche Tage. Aber die Nächte waren jetzt alle kalt. Von Städtchen zu Städtchen, von Dorf zu Dorf wanderte der Karren.

Der Verdienst wurde schlecht, die Kost immer schmäler, die Hiebe wurden schärfer, und Peterl machte seine Kunststücke von einem Mal zum andern widerwilliger und ungeschickter.

Anstatt ihm Beifall zu klatschen, lachte man ihn aus, wenn er sich in seinem geblümten Rock und aufgestülpten Federhut in den Scheunen und Wirthsstuben producirte, in welchen die Komödianten jetzt ihre Vorstellungen geben mußten. Kaum daß er drei Schritte auf den Hinterbeinen gemacht hatte, so fiel er ganz plump auf alle Viere, und weder Püffe noch Schmeichelworte konnten ihn dann bewegen, sich aufzurichten. Seine Glieder waren steif vor Kälte und matt vor Hunger, sie versagten beim Springen und Purzelbaumschlagen.

Er gab sich auch gar keine Mühe mehr, er hatte die Possenreißerei satt, er verlangte nichts Besseres, als dieses traurigen Amtes enthoben zu werden.

Nach und nach wurde es dem Komödiantenvater zu arg, und eines Tages, da er, wie er sich gegen sein Weib äußerte – »nicht einen Sprung aus dem vermaledeiten Köter hatte herausschinden können«, meinte die Frau: »Im Winter ist's immer so, die Hunde taugen im Winter zu nichts als zum Fressen!«

»Hm! Du meinst vielleicht zum Gefressenwerden,« brummte der alte Schwiegervater, der, neben dem Kartoffelfeuer auf der Erde kauernd, wieder einmal damit beschäftigt war, einen alten Stiefel zu flicken.

»Ja, das meine ich, – wir haben es noch mit allen Hunden so gemacht im Winter, – im Sommer findet sich ja leicht ein Ersatz!«

»Meinst Du?« wiederholte der Alte, indem er mittelst einer Zange den Draht aus der Sohle seines maroden Stiefels herauszerrte. Er wurde sehr nachdenklich.

»Um den Hund ist's mir leid, er hat so gute Augen, und er war verflucht klug, solange er genug zu fressen bekam. So einen anstelligen Köter haben wir noch gar nicht gehabt! – Und hübsch fängt er au zu werden, seitdem ihm die Haare gewachsen sind,« rief der zottige, kupferfarbige Komödiant, der früher Chorist gewesen war. »Mir möcht' der Bissen nicht schmecken . . .«

»Na, wenn Du willst, so verkauf ihn,« entschied der Schwiegervater; »ernähren werd' ich ihn nicht länger!«

Nun erfolgte ein heftiger Streit zwischen dem zottigen Komödianten und dem Schwiegervater, wobei der Zottige natürlich den Kürzeren zog, wie es auf dieser Erde dem Gutmüthigen immer geschieht.

Den nächsten Morgen lief der ehemalige Chorist mit Peterl von einem Bauern zum andern, Peterl als vorzüglichen Wachhund rühmend. Aber Niemand wollte sich für die kalte Jahreszeit mit einem neuen Kostgänger belasten; so kam denn der arme Rothbart, wie der Komödiant gewöhnlich genannt wurde, unverrichteter Dinge und sehr niedergeschlagen wieder heim.

Der Schwiegervater bestand auf seinem Willen, und als der Rothbart anfing, über das seinem Liebling bevorstehende Schicksal zu weinen, da höhnten ihn die Anderen, worauf er fürchterlich zu fluchen und zu schimpfen begann, dann aber ins Wirthshaus lief, um sich einen Rausch anzutrinken. Das war seine Art, sich wieder ein wenig Courage zum Leben zu machen, wenn sie ihm ausgegangen war.

Die Komödiantenfrau holte einen Strick, um Peterl an eines der Räder des Thespiskarrens anzubinden. Zweimal versuchte er zu entwischen, vergebens – er wurde eingefangen und festgemacht. Der kleine Honzik aber umarmte Peterl heimlich tausendmal und weinte dicke Thränen auf sein schmutziges gelbes Tricot hinab.

In Monplaisir hatte sich indes Manches geändert, – besser geworden war nichts.

Es lag wie eine schwere Wolke über dem freundlichen Waldschlößchen, eine Wolke, die weder Regen spendete noch Blitze schleuderte, sondern nur den Sonnenstrahlen den Weg versperrte und einen drückenden Schatten über die Erde warf – einen von den kalten, schwarzen Schatten, in denen nichts gedeiht als Mißmuth, Zwietracht und ähnliche, zu gänzlichem Lebensüberdruß beitragende Zustände.

Der Hofmeister war fort, seine lustigen, wenn auch etwas nichtsnutzigen Schüler waren in eine Schule geschickt worden, und zwar nach Wien ins Theresianum, und Liesel war wie ausgetauscht. Die Stiefmama konnte sich die Veränderung, welche mit ihr vorgegangen, nicht erklären.

Sie bemühte sich, das kleine, festverschlossene Herz des Kindes aufzuschließen, aber von allen Schlüsseln, mit denen sie's versuchte, paßte keiner.

Liesel war traurig, Liesel zwitscherte nicht mehr von früh bis Abends, und Liesel war auch nicht mehr so folgsam, wie sie's früher gewesen war. Wenn man ihr eine Weisung ertheilte, so zog sie die feinen Brauen zusammen und machte ganz finstere Augen; und wenn sie schließlich doch that, was man von ihr verlangte, so geschah es offenbar widerwillig, und nur aus dem Grunde, daß sie sich zu klein und schwach wußte, um sich zu sträuben. Die Stiefmama behauptete, das Kind sei eigensinnig und habe einen schlechten Charakter, und der Papa sah traurig aus, zuckte die Achseln, küßte Liesel und wußte sich nicht zu helfen. – Einmal, als er sie so recht zärtlich auf den Knieen geschaukelt und ihr zugeredet hatte, ihm ihren Kummer zu gestehen, da hatte sie ihm laut schluchzend mitgetheilt, daß sie sich nach – Peterl sehne. Warum war man so grausam gewesen gegen Peterl? – Peterl habe Niemandem auf der Welt etwas zu Leide gethan, und er hatte so traurig ausgesehen in der Kiste, in der man ihn fortgeführt hatte auf die Bahn. Sie konnte seine armen, verängstigten Augen nicht vergessen!

Und sie schluchzte und schluchzte, wie nur vierjährige Kinder schluchzen können, die mehr Schmerz in ihrem kleinen Herzen fühlen, als ihr kleiner Kopf zu fassen vermag.

Sie glaubte wirklich, daß sie sich nur nach dem Hund sehne. Aber es war nicht nur der Hund, – es war Wärme, Zärtlichkeit – Heiterkeit – Zerstreuung – kurz, alle guten Geister, die Monplaisir unter dem unvernünftigen Einfluß einer Frau verlassen hatten, der jegliches Verständniß für ihre neue Umgebung fehlte.

Der Papa begriff Liesel's Schmerz besser als sie selbst. Er beruhigte und liebkoste sie, erzählte ihr, daß er Peterl schreiben und daß sich Peterl gewiß beeilen würde, zu antworten, – und was dergleichen zärtlicher Unsinn mehr ist, – bis sie wieder ganz lustig geworden war. Da, während er sie noch auf den Knieen hielt, öffnete sich die Thür, und die Stiefmama steckte den Kopf herein.

Liesel, die ihr Gesichtchen an Papas Brust gedrückt hielt, sah die Mama nicht – der Mann aber sah sie und erschrak über die schreckliche Eifersucht, die er aus ihren Augen herauslas.

Liesel war von ihren drei Stiefkindern der Liebling der jungen Frau gewesen; sie hatte sich bemüht um die Gunst der Kleinen, wie sie's eben verstand, und wenn der Trotz, mit dem das Kind ihren gutgemeinten Freundlichkeiten begegnete, sie auch geärgert und sogar veranlaßt hatte, das Kind falsch zu beurtheilen, so war doch die Neigung zu dem verführerischen Geschöpfchen dieselbe geblieben.

Aber die überströmende Zärtlichkeit, welche ihr Gatte dem Kinde zuwendete, zeigte ihr's zum ersten Mal so recht grell und deutlich, was sie in ihrer Ehe entbehrte.

Warum hatte er nie so herzlich zu ihr gesprochen, warum sie nie – nein, nicht ein einziges Mal, selbst während der ersten Flitterwochenzeit, so zart und liebkosend berührt, wie er das Kind berührte? Er war nie zärtlich mit ihr – ritterlich, höflich, aufmerksam, geduldig – aber zärtlich nie.

Er liebte sie nicht – das sah sie deutlich.

Ach, wenn er nur einmal zu ihr gesprochen hätte mit der Stimme, mit der er zu Liesel sprach, wenn er sie nur einmal berührt hätte mit der Zartheit, mit der er Liesel über das braune Krausköpfchen gefahren war!

Aber nein – nie . . . nie . . . und als sie sich darüber ganz klar geworden, zog der Haß in ihr Herz ein, ein großer, grausamer Haß gegen das schwache, unschuldige Kind, das ihr Mann mehr liebte als sie, seine Gattin! – Und sie wurde geradezu spitzfindig darin, stärkende Nahrungsmittel für ihren Haß aufzustöbern.

»Er liebt das Kind, weil es seiner Mutter ähnlich sieht,« sagte sie sich. »Jeder Kuß, den er dem Kinde gibt, gilt seiner verstorbenen Frau.«

O, wie das weh that!

Sie wollte ihm nichts davon sagen, natürlich nicht – kein einziges Wort, dazu war sie viel zu stolz. Aber anläßlich irgend einer Kleinigkeit verlor sie ihre Selbstbeherrschung, und sie sagte ihm nicht nur ein Wort, sondern viele Worte – die bittersten, giftigsten, die sie finden konnte.

In der nächsten Stunde hätte sie alle zurücknehmen wollen, aber es war nicht möglich. Nichts ist schwerer zurückzunehmen als ein gesprochenes Wort!

Herr von Feldeck ging noch öfter auf die Jagd als früher. Die Jahreszeit bot ihm jetzt reichlich Gelegenheit dazu. Manchesmal stellte er Betrachtungen an über sein verpfuschtes Leben; aber es energisch zurechtzurücken, dazu fehlten ihm einerseits die Roheit und die Kraft, andererseits der Tact und die Ausdauer.

Sich fürderhin viel mit Liesel abzugeben, war unter den Umständen und bei seiner chronischen Angst, Scenen heraufzubeschwören, nicht seine Sache. Auch fürchtete er, jegliche Aufmerksamkeit, die er dem Kinde bewies, würde die Stiefmutter noch mehr gegen dasselbe reizen. Und das war auch der Fall. Frau von Feldeck fand jeden Augenblick etwas an Liesel zu rügen. Das Kind war störrisch, unfolgsam; Frau von Feldeck behauptete, die alte Kinderfrau sei nicht streng genug und ließe ihm alles durchgehen, da müsse es verdorben werden. Sie sagte das so lange, bis der Mann ihr gestattete, der alten Kinderfrau zu kündigen. Die arme, gute Frau Streubel verließ Monplaisir, und an ihre Stelle trat eine Kindergärtnerin, die sich in Liesel's kleines Wesen ebenso wenig wie die Stiefmutter hineinverstand, und die ihren Tag damit verbrachte, entweder das vierjährige Kind durch gelehrte Spiele zu unterrichten oder ihre eigene Weisheit durch das Studiren schwieriger Bücher zu vermehren. Denn sie war eine ehrgeizige Person und bereitete sich heimlich für das höhere Lehrerinnen-Examen vor.

Während sie tief in ihre Lectüre vergraben dasaß oder auch, ein aufgeschlagenes Buch in den Händen, halblaut vor sich hin murmelnd auf und ab ging, sollte Liesel allein mit ihren Puppen spielen. Es gehörte zu den Erziehungsprincipien der Kindergärtnerin, daß das Kind lernen solle, sich selbst zu beschäftigen.

Wie die meisten Menschen schmiedete sie ihre Principien ihrer Bequemlichkeit auf den Leib, aber Liesel war damit nicht einverstanden. Sie war eine gesellige, mittheilsame kleine Natur, und sich allein zu beschäftigen, paßte ihr wenig. So saß sie oft halbe Stunden lang ganz still mitten zwischen ihrem Spielzeug da, die Beinchen vor sich gestreckt, und aus ihren großen, schönen Augen war es herauszulesen, daß sie über allerhand brütete, was sie nichts anging. Dann wurde sie von ihrer Erzieherin, denn diesen Titel hatte sich die Kindergärtnerin beigelegt, wegen ihrer Unthätigkeit zurechtgewiesen und gescholten. Sie wurde so viel ausgescholten, daß sie sich schon gar nichts mehr daraus machte, ebenso wie Menschen, neben denen man alle Tage Kanonen löst, es nicht mehr merken, sondern ruhig über dieses Geräusch hinüber schlafen.

Aber in ihrem Herzen war eine beständige aufrührerische Bitterkeit, die sich mit namenloser Langeweile paarte, und was sich aus dieser Verbindung für böse Dinge herausentwickeln, weiß Jeder, der einen solchen Zustand eine Weile mit angesehen hat.

Liesel, die herzige, gutmüthige Liesel wurde jetzt wirklich eigensinnig, unfolgsam und rachsüchtig. Wo sie konnte, spielte sie der gelehrten Kindergärtnerin einen Streich. Einmal schnitt sie ihr mit einer Schere ein Kleid entzwei, ein zweites Mal schüttete sie das Tintenfaß über einen acht Seiten langen Brief aus, welchen die Lehrerin kurz zuvor mit großer Mühe und der Hülfe von zwei Wörterbüchern und einem Conversationslexikon verfaßt hatte. Für das massacrirte Kleid wurde Liesel mit der Ruthe gezüchtigt, für den verdorbenen Brief aber von der Kindergärtnerin in einen großen Kleiderschrank eingesperrt. Aus der Ruthe machte sich Liesel nicht viel, aber das stundenlange Eingesperrtsein war ihr schrecklich.

Wenn ihr Papa zu Hause gewesen wäre, so hätte er wohl trotz seiner bodenlosen Passivität gegen diese Strafe Einspruch erhoben. Aber der Papa war nicht zu Hause, er war fast nie mehr zu Hause.

Wie man die Kleine aus dem Kleiderschrank entließ, stellte es sich heraus, daß sie verschiedentliche der Kleider als Taschentuch benutzt hatte. Da wurde sie wieder geprügelt, und so kam sie aus dem Gestraftwerden gar nicht mehr heraus.

Natürlich verdiente sie Schläge, aber die Kindergärtnerin verdiente gerade doppelt so viel.

Die Stiefmama war anderer Meinung. Sie belobte die Lehrerin vor dem kleinen Mädchen, sagte ihr das Anerkennendste in Betreff ihrer strengen Erziehungsgrundsätze.

Das brachte Liesel ganz außer sich, und in ihrem kleinen Kopfe heckte sie schließlich einen ganz furchtbaren Plan aus. Sie wollte fliehen – vom Hause fort, von der Stiefmutter fort, zu ihrer alten Kinderfrau, der Frau Streubel. Man hatte ihr gesagt, sie wohne hinter dem Wald, der sich an den Park schloß, und sie wollte quer durch den Wald bis zu ihr. Sie war so fest davon überzeugt, sie wieder zu finden, wie es manche Leute sind, den vor ihnen Gestorbenen im Paradiese zu begegnen.

Arme kleine Liesel! Jedesmal, wenn sie an die Ausführung ihres Vorhabens schreiten wollte, klopfte ihr doch das Herz ganz fürchterlich. Einmal, da sie unbewacht war, machte sie zwei Schritte aus dem Haus heraus, und ein anderes Mal fünf und ein drittes Mal zehn, aber jedes Mal kehrte sie um. Das erste Mal hatte sie sich erinnert, daß sie Apfelkuchen zu Mittag bekommen würde, das zweite Mal lief ein Hund vorbei, vor dem sie sich fürchtete, das dritte Mal hatte es angefangen zu regnen.

Da verzichtete sie vorläufig auf ihren Vorsatz, aber sie gab ihn nicht auf. Und jedesmal, wenn sie von Neuem an die Ausführung ging, machte sie ein paar Schritte mehr.

Und an einem schönen Octobertag, als die sich durch die feuchte Luft schrägenden Sonnenstrahlen wie Gold auf den abgefallenen Blättern schimmerten, die unter den Bäumen die Parkwiesen bedeckten, – da war Liesel verschwunden.

Die Kindergärtnerin erschrak Anfangs gar nicht, sie ärgerte sich nur; sie war überzeugt, daß Liesel ihr irgend einen Schabernack gespielt und sich versteckt hatte. Sie meldete es auch Niemandem, daß sie »den boshaften Balg«, wie sie sich ausdrückte, nicht finden konnte, – sie sagte sich einfach: wenn das kleine Ding Hunger hat, wird es schon zum Vorschein kommen. Und so fuhr sie denn fort, nachdenklich vor einem mit glattem, weißem Papier bespannten Reißbrett zu sitzen und, mit einem Zirkel bewaffnet, tiefsinnige geometrische Probleme auszurechnen.

Aber als die Stunde zum Mittagessen schlug, und Liesel noch nicht wieder erschienen war, wurde die Kindergärtnerin unruhig. Sie fing an, nach Liesel zu fragen, sie fing an, Liesel zu rufen – sie strich durch die Parkwege wie von Sinnen und rief immer wieder: »Liesel, Liesel,« aber Niemand antwortete ihr.

Endlich mußte sie sich entschließen, es der Stiefmama mitzutheilen, daß Liesel verschwunden sei. Die Stiefmama gerieth außer sich vor Schrecken. Sie lief mit der Kindergärtnerin um die Wette im Park herum, hin und her, rief »Liesel – Liesel« – aber vergeblich. Das Dienstpersonal wurde alarmirt, Boten wurden nach allen Richtungen ausgesandt in die Förstereien – Förster und Heger rückten aus . . . umsonst! – Liesel's Vater war nicht zu Hause – aber was würde er sagen, wenn er bei seiner Rückkehr das Kind nicht fände.

Die arme Stiefmutter wußte es nicht mehr, daß sie eifersüchtig auf das Kind gewesen war – sie erinnerte sich nur noch, daß sie sich oft lieblos gegen dasselbe gezeigt hatte, und jede Fiber in ihr brannte vor Schmerz, wenn sie eines herben Wortes oder gar eines Schlages gedachte, mit dem sie Liesel gezüchtigt.

Sie sah sie vor sich, mit den großen, klugen, schelmischen, braunen Augen, mit dem herzigen Mund, der auf so viele verschiedene Arten zu lächeln verstand, – sie sah die kleinen, weichen Hände mit den Grübchen hinter den Fingerwurzeln; immer wieder war's ihr, als müsse sich die Thür öffnen und ein kleines Figürchen mit schlanken, schwarzen Beinchen müsse hereintrippeln und sich vor sie hinstellen, trotzig und schelmisch zugleich, und ihr zurufen: »Da bin ich – straf mich!«

Aber sie wollte nicht mehr strafen, – gut machen wollte sie, was sie an dem Kind verbrochen, sterben wollte sie, wenn sie mit ihrem

Leben das des Kindes erkaufen könnte. Noch immer lief sie die Parkwege entlang – hierhin – dorthin . . . die Dämmerung fiel, sie stieß gegen einen Stamm, – immer dichter fiel die Dämmerung . . . Und jetzt war es noch ärger, – sie konnte nicht mehr laufen. Stillstehen mußte sie vor dem Schloß – warten – warten – auf was?

Und mit einem Mal dachte sie an Peterl! . . Wenn der arme kleine Köter da wäre, der hätte das Kind gefunden, wo es auch sein mochte. Ja, warum hatte sie damals den Hund weggeschickt? . . . Ihr Bruder hatte sie gewarnt, – sie war besorgt gewesen . . . die Wissenschaft . . . ach, ein gräßlicher, ungerechter Zorn gegen die Wissenschaft entbrannte in ihr – auf diese Art Wissenschaft, die uns beständig neue, weitentlegene Gefahren vor die Augen führt und uns dadurch vergessen läßt, an die nächstliegenden zu denken. – Ob der Verkehr mit dem armen, treuen Hund dem Kind schädlich hätte werden können, war fraglich; aber daß es schädlich war, das Kind unbeaufsichtigt zu lassen, das war sicher.

Wie sie sich nach dem Kinde sehnte, wie sie das Kind liebte! – und wie sie sich haßte!

Da stand sie vor dem Schloß, horchte – horchte. Wenn sie irgend einen Schritt hörte, fuhr sie zusammen und schrie: »Wißt ihr etwas, – habt ihr sie?«

Aber Niemand wußte etwas, – und es wurde finster, und man hatte sie noch immer nicht.

Die uralten Linden von Monplaisir zeichneten sich schwer und dunkel ab gegen den blassen Himmel, an dem die Sterne glänzten, die Luft war feucht und kalt. Ein Schauer lief durch die Bäume, die Blätter raschelten auf den Rasen nieder, und immer noch horchte sie . . . nichts . . . nichts . . . nein, aber dort in der Ferne Räderrollen . . . ein Wagen, der näher, immer näher kommt . . . der Wagen, der Liesel's Vater nach Hause bringt.

In Peterl's Schicksal war indessen eine Wendung eingetreten.

In der Nacht, welche dem Tage von Liesel's Flucht aus Monplaisir voranging, schlich sich, während die anderen Komödianten fest in dem Thespiskarren schliefen, der kleine Honzik hinaus und leise bis zu Peterl heran, der, an seinem Rad angebunden, vergeblich den Strick, der ihn festhielt, durchzubeißen trachtete. Honzik kniete neben ihm nieder, schlang seine mageren Arme ein letztes Mal um den Hals des Hundes, küßte ihn und schnitt dann mit einem Messer, das er zu dem Zweck mitgebracht hatte, den Strick entzwei. Er hatte einige Mühe, denn das Messer war stumpf, und der Strick war fest, wie aus Draht zusammengeflochten. Aber endlich war er fertig. Da flüsterte er dem Hund zu » s pánem Bohem!« und versetzte ihm einen aufmunternden, zärtlichen Schlag auf den Rücken.

Peterl verstand. Er wackelte dankbar mit den Ohren, schoß wie ein Pfeil in die Nacht hinaus, raste aber gleich darauf, einen weiten Bogen beschreibend, wieder zurück, leckte dem weinenden Knaben das abgemagerte Gesichtchen, dann ein leises Geräusch in dem Karren vernehmend, fuhr er zusammen und lief nun, was er laufen konnte.

Der kleine Komödiant schlich sich indessen in den Karren zurück. Das Thürchen knarrte, während er sich hindurchzuschieben trachtete. Seine Mutter wachte auf. »Was hast Du draußen gemacht?« fragte sie.

»Der Hund war unruhig, ich dachte, er würde sich losreißen wollen,« sagte er; »da hab' ich ihn fester angebunden.«

Dann verkroch er sich in seinen Winkel, faltete die kleinen Hände und ließ den Kopf auf seine Brust fallen.

Morgen würde doch herauskommen, was er gethan, und da würde es Prügel setzen. Das war Nebensache, – die Prügel war er gewöhnt. Aber . . . aber – er hatte seinen besten Freund verloren! – Bei dem Gedanken wurde sein Herz schwer.

Indes flog Peterl über die Stoppeln und das frisch geackerte Feld dahin. Erst als er eine ganze Weile weit gelaufen sein mochte, und sich in einem dunklen Wald geborgen sah, hielt er inne.

Er bedachte, was zu thun sei. Vor Allem wollte er nach Haus. Was dann mit ihm geschehen würde, war ihm gleichgültig; wenn sie ihn todtschlagen wollten, – nun so sollten sie. Er war ganz munter, trotzdem er diese Möglichkeit ins Auge faßte. Das Gefühl seiner Befreiung war ihm in alle Glieder gefahren. Zugleich aber fing ihn an zu hungern. Er lief an den Rand des Waldes, wo sich ein mit Binsen durchwachsener Graben hinzog, und nahm ein paar Schluck Wasser zu sich; dann begab er sich auf die Jagd und verspeiste seine

Beute, ein junges, graues Kaninchen, mit großem Behagen. Ach, wie ihn das an Monplaisir erinnerte. Seit er von dort hatte fort müssen, hatte er ja seinem Lieblingssport, der Kaninchenjagd, nie mehr fröhnen können. Hierauf, ohne sich aus dem Schatten des Waldes heraus zu wagen, überlegte er, welche Richtung er einschlagen sollte. – Zwischen den alten Kieferstämmen sah er hinaus in die weite Ebene, auf der die Dämmerung ruhte. Sie wurde durchsichtiger, immer durchsichtiger. Die Luft machte fast den Eindruck von getrübtem Wasser, das sich langsam klärt. Dann schimmerte es rosa über die Wolken am östlichen Horizont. Peterl wußte natürlich nicht, daß es der östliche Horizont war, aber er wußte es ganz genau, daß jetzt die Sonne aufgehen würde.

Ein rosiger Schein schwebte über der Erde, wie ein Lächeln seliger Erwartung. Dann flimmernd und leuchtend breiteten sich die Sonnenstrahlen über die Welt; behaglich breit streckten sie sich über den thaufrischen Boden, bis sie sich endlich verloren in der allgemeinen Helligkeit.

Es war Alles sehr schön, und es flößte Peterl Muth ein.

So lief er denn vorwärts, was Zeug hielt, in der Hoffnung, vielleicht durch Zufall auf bekannte Gegenden zu stoßen – als er einen Schuß hörte. Zugleich empfand er einen brennenden Schmerz im rechten Hinterbein.

Nun war's ihm, als ob es überhaupt mit Allem aus sei . . . Da kam ihm plötzlich ein sonderbarer Gedanke! War's nicht der ihm wohlbekannte Heger aus Monplaisir, der ihm den Schrot nachgejagt hatte? . . . Sein alter Feind – derselbe, der sich immer mit dem Kutscher in den Haaren gelegen hatte. Zwischen den halb entblätterten Zweigen eines wilden Rosenbusches, unter die sich der zu Tode geängstigte Peterl hinein geduckt hatte, blickte er dem Schützen nach. Kein Zweifel darüber . . . Der Heger war's! . . .

Nun wußte er, was er zu thun habe, um den Weg zurück zu finden nach seinem geliebten Monplaisir!

Er fing an zu schnuppern . . . Ja, das war's . . . der Geruch – genau der Geruch des Hegers, dem brauchte er nur zu folgen, um sein Ziel zu erreichen.

So machte er sich denn von Neuem auf die Beine.

Seine Wunde brannte ihn schmerzlich. Er lief öfters auf drei Beinen als auf einem – aber vom Fleck kam er doch, wenn auch, in Folge der vielen Ruhepausen, die er machen mußte, recht langsam!

Die Nacht war längst hereingebrochen, als er etwas sich weithin breitendes, verwischt Schwärzliches zwischen den helleren Feldern sich hindehnen sah, das theilweise von einer weißen Mauer eingefaßt war. Das war der Park von Monplaisir!

Er sprang auf vor Freude und bellte schrill . . .

Dann aber schüttelte er nachdenklich seinen kleinen Kopf. Jetzt wo er dem Ziel so nahe war, verlor er plötzlich den Muth darauf zuzustreben. Eine schmerzliche Schüchternheit und Beschämung kroch über sein müdes und hungriges Körperchen, da er der Grausamkeit gedachte, mit welcher er vor wenigen Monaten aus dem Schloß hinausgewiesen worden war.

In Folge dessen gab er den Gedanken, bis in den Hof zu laufen und an der Stallthüre zu kratzen, auf. – So gern ihn die im Stall mochten, wußte er doch, daß sie ihn einfach für die Nacht versteckt, dann aber weggeschickt hätten, ehe er Liesel's ansichtig geworden war.

Es blieb ihm nichts Anderes übrig. als irgendwo im Park zu übernachten, damit er dann bei Tag ein Momentchen abwarten könne, wo sie vorüber ging.

Da er wußte, daß um diese Zeit das Parkthor immer verschlossen war, so spähte er nach dem Loch in der Mauer, durch welches er sonst zu schlüpfen pflegte, wenn er leider manchmal heimlich einen lustigen Spaziergang durch die umliegenden Felder und Wälder unternommen hatte.

Da merkte er zu seinem großen Erstaunen, daß das Thor weit offen stand.

Ungestört trippelte er hindurch.

Ach, es war doch ein schönes Gefühl, den Boden seiner Heimath von Neuem zu betreten. Er erkannte dort einen Baum, da einen Busch! Unbeholfen in Folge seiner Wunde, aber toll vor Freude, fing er an, über die Grasplätze zu rasen und die trockenen Blätter aufzuwirbeln . . .

Plötzlich hörte er angstvoll und schrill den Namen »Liesel« schreien – »Liesel – Liesel!«

Nicht nur eine . . . verschiedene Stimmen riefen ihn.

Ein hoher, dunkler Mann, den Peterl sofort als Liesel's Vater erkannte, kam mit großen Schritten aus der Richtung des Waldes. Ein Anderer trat ihm entgegen. Sie sprachen aufgeregt mit einander, und ihre Stimmen, besonders die des Vaters, klangen so heiser und traurig, daß es Peterl durch Mark und Bein ging.

Mitten im Gespräch sah der Gutsherr sich um – horchte offenbar, schrie noch einmal »Liesel – Liesel!« worauf er von Neuem der Richtung des Waldes zueilte.

Peterl's treues, kleines Hundeherz klopfte zum Zerspringen. – Liesel's Vater hatte ihn zwar recht schlecht behandelt, aber jetzt fühlte er doch Mitleid mit ihm, obzwar er noch nicht begriffen hatte, was sein Unglück ausmachte.

Er lief noch ein Stückchen, um sich zu orientiren – jetzt erblickte er das Schloß.

Trotz der vorgerückten Nachtstunde waren alle Fenster erleuchtet, die Eingangsthüre stand offen, und auf der Terrasse schleppte sich, laut schluchzend, mit versagenden Gliedern, eine Frau auf und ab, die sich die Haare raufte und aus ihrem Schluchzen heraus mit heiserer, schriller, abgemüdeter Stimme »Liesel – Liesel!« rief.

Es war Liesel's Stiefmutter. – Jetzt hatte er begriffen – Liesel war fort – Liesel war verloren gegangen – und man suchte sie.

Da bemächtigte sich seiner ein einziger, Alles bezwingender Gedanke: Wenn einer auf der Welt sie findet, so bin ich's. – Und die Nase an der Erde, suchte er ihre Spur.

Als er bereits im eifrigsten Suchen war, raschelten ein paar Tropfen durch die Herbstblätter. – Dichter und dichter fielen sie. – Jetzt regnete es in Strömen.

Peterl schüttelte sich – der Regen erschwerte Alles – auch die Auffindung der Spur.

Nichtsdestoweniger schnupperte er und schnupperte . . . er riß die Blätter aus einander . . . ach, wenn er sie nur finden hätte können . . . Liesel . . . die arme, herzige Liesel!

Im Schloß hatte man sich schließlich der verzweiflungsvollen Ueberzeugung hingegeben, daß sie entweder von Zigeunern gestohlen oder in einem der tiefen Waldteiche ertrunken sei.

Sie war weder von Zigeunern gestohlen worden noch in einem Teich ertrunken, sie hatte sich nur verirrt. Armes, herziges, kleines Liesel!

Warum war sie davongelaufen, warum war sie unfolgsam gewesen! Ach, alles auf der Welt war besser – selbst die ungerechten Strafen der Kindergärtnerin waren besser als dieses Alleinsein in dem schaurigen, dunkelnden Wald! – – –

Es war ein so schöner Tag gewesen, und die Sonnenstrahlen hatten ihr gewinkt, und die ganze Erde hatte einladend geduftet, – und der Gedanke an die gute, alte Kinderfrau, die sie gewiß auf den Schoß nehmen und bedauern und mit süßen Kuchen füttern würde, war zu verlockend gewesen. – Eine kleine Beklommenheit hatte sie allerdings zu überwinden gehabt, da sie sich vom Schloß wegschlich. Aber damit war sie bald fertig geworden. Zur Gesellschaft hatte sie eine Puppe mitgenommen auf den Weg und war Anfangs recht flink über Stock und Stein mit ihren zierlichen, in schwarzen Strümpfen steckenden Beinchen hingehüpft. Es war warm, der Sonnenschein durchdrang ihren zarten Körper, wie er eine Blume durchdringt. Sie freute sich des Lebens, sie lachte und klatschte in die Hände.

Sie hörte den Förster vorbeikommen. Da duckte sie sich in das Farnkraut hinein, das bereits angefangen hatte zu welken, damit er sie nicht sehen sollte. Sein Hund schnupperte nach ihr hin. Der Förster, welcher ihm die Absicht zumuthete, einen Hasen aufscheuchen zu wollen, rief ihn zurück, und da er ein wohlerzogener Hund war, ließ er sich abrufen.

Kaum waren der Förster und sein Hund verschwunden, so lief Liesel weiter. Sie hatte gehört, daß Frau Streubel ganz nah wohnte . . . knapp hinter dem Wald. – Sie hatte keine Ahnung, daß es quer durch den Wald hindurch weiter sein könne als über eine der Parkwiesen in Monplaisir.

Fröhlich lief sie weiter.

Der Wald wurde jetzt viel dichter, – die Sonnenstrahlen hatten größere Mühe hineinzudringen – aber der mit trockenen Kiefernnadeln bedeckte Boden war noch mit Licht übergossen, und da oder dort hoch oben in einem dunklen Wipfel hatte sich ein Lichtstreif verirrt. Auf einigen der Kiefernstämme schimmerte es erst roth wie Feuer, dann roth wie Blut, die hier und da in dem Kiefernwald verstreuten Eichenbäume lohten wie Flammen. Liesel's Muth fing an zu sinken. Sie wäre jetzt gern umgekehrt, aber sie fürchtete sich. Sie war ja immer so streng bestraft worden für ganz kleine Unarten, was würde man ihr erst anthun, jetzt, wo sie etwas wirklich Schreckliches gethan hatte?

Nein, nein, sie konnte jetzt nicht mehr umkehren, konnte nicht nach Haus, sie mußte so rasch als möglich zu der alten Kinderfrau zu gelangen suchen, die sie verstecken und vor Strafe behüten würde. Es konnte auch gar nicht mehr weit sein! – Sie lief noch ein Stückchen – aber plötzlich verglomm der rothe Schimmer, durch die Luft glitt's wie grauer Staub, der dichter und dichter wurde; sie vermochte die Entfernung der Bäume nicht mehr richtig zu bemessen. – Mit einem Mal wurde es ganz dunkel. Eine rasende Angst befiel sie. Sie versuchte vor dem Dunkel davonzurennen, wie vor einem Feind, sie stieß in einen Eichenstamm, blieb liegen, versuchte sich aufzuraffen, stieß noch einmal in etwas hinein und kauerte sich endlich, ganz außer sich vor Schrecken zusammen, drückte die Puppe an sich, fing an zu beten, dann zu weinen, dann zu schreien. Es nützte Alles nichts. Sie weinte und schrie, bis sie müde war, und dann schlief sie ein. Mitten in der Nacht erwachte sie in dem dunklen Wald, in den jetzt ein paar blasse Mondstrahlen hineinglitten. Sie versuchte aufzustehen, aber sie konnte nicht; ihre Glieder waren steif, und ihre Kleider hingen schwer und feucht an ihr. Ihr Kopf that ihr weh, sie hatte Durst und Hunger. Aber alles das ging unter in einem namenlosen Angstgefühl.

Sie rührte sich nicht mehr, sie dachte nicht mehr, sie fühlte nichts als Angst. Sie fürchtete sich vor dem Mondstrahl, der durch die Zweige drang, vor dem Schatten, der über das Moos huschte, vor dem Wind, der durch die Baumkronen strich. Und das Mondlicht wurde immer unheimlicher, und der Wind schrie immer lauter, – ein garstiger, heulender, pfeifender Wind! Zugleich raschelten große Tropfen durch die Eichenäste über ihrem Köpfchen und fielen einer nach dem anderen.

Immer dichter fielen sie . . .

Plötzlich hörte sie, wie etwas auf sie zulief. Sie hörte es trappeln und schnuppern. Sie wollte sich aufrichten, fliehen, – sie konnte nicht. Es kam näher, immer näher – etwas, das hellgrau durch das bleiche Mondlicht schimmerte. – Sie schrie! . . . Doch, da hatte es sie schon am Röckchen gepackt. Es kauerte sich neben sie hin, sprang ihr auf die Schulter. – Sie fühlte, daß es etwas Warmes und ihr freundlich Gesinntes war . . . Ein Hund! . . . Sie sah ihn ziemlich deutlich in dem weißen Mondlicht.

»Peterl!« rief sie. Mit wahnsinniger Freude sprang Peterl auf ihren Schoß und fing an, ihr die Schultern, das Hälschen, ja selbst die Wangen zu lecken.

Und Liesel hielt ihn fest mit beiden Aermchen, sie schmiegten sich in einander – der verstoßene Hund und das verirrte Kind, und waren beide glücklich und hatten beide ein Gefühl freundlichen Geborgenseins; sie wärmten sich an einander, fürchteten sich mit einander und hofften mit einander.

Um sie vor dem Regen zu schützen, schmiegte er sich schützend neben sie, und sie schlief ein. – Er wachte – er dachte darüber nach, wie er Liesel zurückbringen könne.

Er hätte ihr gern den Weg gezeigt nach Hause – aber sie konnte nicht mehr gehen – sie war ganz steif. – Sie schlief fest, und er wedelte freundlich mit dem Schweife und ließ den Regen an sich herunterfließen.

Es mochte gegen vier Uhr früh sein – der Regen hatte aufgehört – da weckte den Kutscher in Monplaisir ein sonderbares Kratzen an der Stallthür. Er stand auf – und da der Mond jetzt untergegangen und es in Folge dessen ganz dunkel war, nahm er die Laterne und sah, was es gab. Vor der Thür stand ein ihm anscheinend unbekannter Hund, wimmernd und von so traurigem Aussehen, daß er ihn für irgend einen verlaufenen Köter hielt und schroff anschrie, worauf der Arme mit tief gesenktem Schweif und Kopf davon eilte.

Der Kutscher wollte sich noch einmal niederlegen, konnte jedoch nicht einschlafen. Plötzlich kam ihm der Gedanke, wenn es Peterl gewesen wäre, den er davon gejagt hatte! Wenn der am Ende etwas von Liesel wisse! . . .

Er stand auf, rief »Peterl« – pfiff – umsonst – keine Antwort erfolgte.

Nach einer Weile weckte er den kleinen Stallbuben und begann mit ihm die Pferde zu striegeln.

Er hatte die Arbeit gerade beendet, hinter jedem Stand lag ein längliches Häuflein dunkelgrauen Staubes, als es von Neuem an die Thür des Stalles kratzte. – Diesmal öffnete er rasch. In die Thüre des mit einer Wandlampe beleuchteten Stalles trat eine sonderbare Erscheinung.

Ein Hund, der, ganz in den angetrockneten Lehm der Straße eingehüllt, wie ein bewegliches Tropfsteingebilde aussah und eine Puppe im Maule hielt. – Kutscher und Stallbub erkannten beide die Puppe Liesel's.

»Peterl!« schrie der Kutscher, »Peterl!«

Aber er hatte keine Zeit, seiner Freude Ausdruck zu geben.

»Schließ die Stallthür, daß der Hund nicht davonläuft,« rief er dem Stalljungen zu, »und gib ihm zu fressen – Milch, alle Milch, die im Hause ist. Weck mein Weib!«

Damit eilte er ins Schloß, – dort schlief Niemand – mehrere Fenster waren erleuchtet – Liesel's Vater kam sofort heraus. »Was gibt's?« fragte er.

Der Kutscher theilte ihm mit, daß Peterl zurückgekehrt sei, und daß er Liesel's Puppe gebracht habe.

»Um Gottes willen!

Ehe eine Minute verstrichen war, zogen Liesel's Papa und der Kutscher in den Wald hinaus, dem voraneilenden Peter nach. Ueber eine Stunde dauerte es – zweimal erlosch die Laterne, welche ihnen leuchtete. Der erste bleiche Morgenschimmer, welcher der Morgenröthe vorangeht, schlich durch den Wald, da nahm Peterl Reißaus, lief in rasender Eile durch die Büsche – Diener und Herr hielten inne, sahen sich an, wußten nicht mehr, wohin sich wenden, als sie das laute Bellen des Hundes herbeirief.

Dort unter einer alten Eiche lag Peterl neben irgend etwas Regungslosem . . . Herr von Feldeck beugte sich nieder . . . es war Liesel.

Der Vater nahm sie in die Arme – sie war steif und kalt! Er dachte, sie sei todt, aber ihr kleines Herz schlug noch. »Gottlob!« murmelte er und trug sie, so rasch er vermochte, nach Hause.

Und Peterl!

Nachdem Liesel gefunden worden war, hatte er eigentlich seine Mission erfüllt. Er wußte es selber. Kein Mensch hatte Zeit, an ihn zu denken, ihn zu loben, zu streicheln. Er wunderte sich gar nicht darüber – er war keine gute Behandlung mehr gewöhnt. Er fragte sich nur, was er noch mit sich anfangen solle – er suchte sich ein Plätzchen zum Verenden. Die Schrotkörner, die ihm der Heger in den Schenkel gejagt und die er über den Aufregungen der letzten Stunden vergessen hatte, schmerzten ihn jetzt sehr. Er schleppte sich halbwach wie durch einen dichten Nebel, ohne recht zu wissen, wohin – bis er die äußeren Umrisse des Stallhofes erkannte.

Vor dem Thor brach er zusammen und schmiegte sich leise wimmernd neben dem Pfeiler nieder. Dort bemerkte ihn ein vorüberfahrender Knecht, der ihn nicht kannte und auch nichts von seiner Heldenthat erfahren hatte. Der schlug mit der Peitsche nach ihm und wollte ihn davon jagen. Aber Peterl rührte sich nicht – fest entschlossen, an der Schwelle der Heimath zu sterben.

Da lief der Kutscher hinaus, um zu sehen, was es gebe, und als er Peterl bemerkte, nahm er ihn in seine Arme, so schmutzig er war, und trug ihn in den Stall – und die Kutschersfrau und der Stallbub kamen herbei, und Alle streichelten Peterl und brachten ihm Leckerbissen, und an dem Streicheln freute er sich sehr, aber an Leckerbissen konnte er sich nicht freuen – er war müde und elend.

Da steckten sie ihn in ein warmes Bad und wuschen ihm seine Wunde und reinigten ihn und rieben ihn trocken und legten ihn schließlich in den alten Verschlag, in dem er mit seinen kleinen Geschwistern gespielt hatte.

Während er schlief, beobachtete ihn das Stallpersonal. Sie fanden alle, daß er viel hübscher geworden sei. Sein Fell war lang und seidig, sein Schweif buschig geworden, und sein ausdrucksvolles Köpfchen machte sich gut selbst im Schlaf.

»Ich glaube, der gnädige Herr wird ihn nicht wieder hinaus jagen!« murmelte der Stallbub.

Da wachte Peterl auf, und nun gab's ein Loben und Liebkosen und Füttern. Er ließ sich's auch gern gefallen und trank mit Enthusiasmus einen ganzen Liter Milch aus. und der Kutscher klopfte ihn ab und rief einmal über das andere: »Mordskerl!« Dann blies er die Backen auf und erklärte: »Wenn dich der Herr jetzt noch hinauswirft, so geh' ich mit dir. Wir bleiben bei einander, Alter!«

Aber sie sollten doch nicht bei einander bleiben.

Im Schloß hatte man indessen große Sorgen. Liesel erholte sich nicht ganz so rasch wie ihr zottiger Freund. – Erst nach mehreren Stunden schlug sie die Augen auf und blickte in das Gesicht ihres Vaters, das sich besorgt über sie beugte.

»Liesel!« murmelte er nur, »Liesel!« Sie dachte, er würde schelten, aber er schalt nicht, und die Stiefmutter, die am Fußende des Bettes saß, schalt auch nicht und sah nicht böse aus und hatte vom Weinen rothe Augen.

Liesel wurde plötzlich ganz seltsam zu Muthe bei dem Gedanken, daß die Stiefmutter um sie geweint hatte. – Sie blickte sie starr und ruig an, und plötzlich richtete sie sich ein wenig auf und sagte mit einem dünnen, heiseren Stimmchen: »Mammi!«

Da umschloß die Stiefmutter sie mit beiden Armen und drückte sie fest an sich.

Dann brachte sie der Kleinen eine Tasse süßer Milch – ach, die that wohl! – und dann fragte sie, ob Liesel irgend einen Wunsch habe.

Da bekam Liesel plötzlich Muth und wagte etwas ganz Großartiges.

»Peterl!« flüsterte sie; »ich mochte den Peterl haben!«

Da wechselte das Ehepaar einen Blick – einen kurzen, inhaltsschweren Blick . . . dann merkte der Gatte, daß er gesiegt hatte, ein für allemal, und daß Alles gut war.

Die Mama stand auf und ging hinaus. – Ein paar Minuten später kam sie wieder, hinter ihr Peterl, verschämt mit dem Schweif wedelnd, steif, hinkend, aber sauber und überglücklich. Liesel richtete sich ein klein wenig auf und rief: »Peterl!«

Er aber sprang auf sie los und leckte ihr Händchen, und sie klopfte ihm auf den Kopf und murmelte: »Lieber Peter! guter Peter!«

Und die Stiefmama ließ es geschehen. Als sie merkte, daß der Blick des Gatten fragend und ein wenig belustigt auf ihr ruhte, citirte sie, wie um sich für ihre Nachgiebigkeit zu entschuldigen, seine eigenen Worte: »Weißt Du, Leopold, vor Allem kann man sich nicht behüten, etwas muß man auch dem lieben Gott überlassen.«

Er aber traf sie mit einem ernsten, milden Blick und murmelte! »Ja, Marie, aber nicht zu viel!«

Ihr stürzten die Thränen aus den Augen . . . »Du hast Recht!« murmelte sie, während er sie umarmte und herzlicher küßte, als er sie je zuvor geküßt hatte. –

Aus schlaftrunkenen Augen blickte Liesel die Eltern an. Ein Gefühl unsäglichen Wohlbehagens hatte sie überkommen. Sie streckte ihre kleinen Glieder und schlief ein.

Peterl sah erst den Herrn, dann die Frau an; da die Beiden aber, anstatt ihn hinaus zu jagen, ihn Eines nach dem Anderen streichelten und ihm Kosenamen gaben, dann aber gänzlich seine Gegenwart vergaßen, kauerte er sich ruhig auf dem weißen Fell vor Liesel's Gitterbettchen zusammen und schlief auch ein.

Plötzlich weckte ihn ein Geräusch. Das Hausmädchen war herein getreten. Sie komme den Hund holen, sagte sie; der Kutscher habe Angst, der Peterl könne die Herrschaften belästigen . . .

Da aber erklärte Herr von Feldeck, der Peterl käme überhaupt nicht mehr in den Stall zurück, der solle im Schloß bleiben ein für allemal.

Da spitzte Peterl die Ohren und stieß einen langen, behaglichen Seufzer aus. Er war jetzt ganz beruhigt und hatte die feste Ueberzeugung gewonnen, daß ihn Niemand mehr hinaus weisen würde aus Monplaisir.

Und er behielt Recht!

Nicht nur, daß ihn Niemand hinauswies – aber alle thaten ihm schön, – er war der ausgemachte Liebling von ganz Monplaisir!

Vor allem natürlich war er Liesel's Wächter und Freund. – Des Nachts schlief er neben ihrem Bettchen, und wenn sie spazieren ging, lief er neben ihr her. – Und das dauerte viele Jahre so fort – als Liesel schon ein ganz großes Mädchen war. Und Peterl war immer gleich unzertrennlich von ihr. – Nur wenn sie lernen mußte, da wurde er ihr untreu.

Lange hatte er ihre mit absolutem Stillsitzen verbundenen Lektionen als eine grausame Quälerei, – eine seiner geliebten kleinen Herrin auferlegte Strafe betrachtet, so daß er gegen alle ihre Lehrer die Zähne gefletscht hatte, wenn er nicht energischer gegen sie zu Felde gezogen war.

Als aber Liesel selber die Partei der Lehrer ergriff und ihm eines Tages mit ihren herzigen Händchen auf den Kopf klopfend zurief: »Du dummer Peter, das verstehst Du nicht . . . das muß sein, das Lernen! . . .« Da ließ er die Lehrer in Ruh'.

Es mußte wohl sein, – und er verstand es nicht – aber ansehen brauchte er sich die Quälerei auch nicht.

Drum lief er jedes Mal, wenn Liesel's Stunden anfingen, davon. Er benützte die Zeit, um nach Herzenslust herumzusausen im Park von Monplaisir, Kaninchen zu jagen und seinem alten Stall Visiten abzustatten. – Bei all' diesen Erlustigungen begleitete ihn sein vornehmer Papa Peter der Große!

Ein Umschwung hatte sich eingestellt in seinen Gefühlen. – Er war jetzt stolz auf seinen Sohn. Er fand, daß man einen Helden mit einem anderen Schönheitsmaßstab zu messen hat, als andere Hunde.

Über tredition

Eigenes Buch veröffentlichen

tredition wurde 2006 in Hamburg gegründet und hat seither mehrere tausend Buchtitel veröffentlicht. Autoren veröffentlichen in wenigen leichten Schritten gedruckte Bücher, e-Books und audio-Books. tredition hat das Ziel, die beste und fairste Veröffentlichungsmöglichkeit für Autoren zu bieten.

tredition wurde mit der Erkenntnis gegründet, dass nur etwa jedes 200. bei Verlagen eingereichte Manuskript veröffentlicht wird. Dabei hat jedes Buch seinen Markt, also seine Leser. tredition sorgt dafür, dass für jedes Buch die Leserschaft auch erreicht wird.

Im einzigartigen Literatur-Netzwerk von tredition bieten zahlreiche Literatur-Partner (das sind Lektoren, Übersetzer, Hörbuchsprecher und Illustratoren) ihre Dienstleistung an, um Manuskripte zu verbessern oder die Vielfalt zu erhöhen. Autoren vereinbaren direkt mit den Literatur-Partnern die Konditionen ihrer Zusammenarbeit und partizipieren gemeinsam am Erfolg des Buches.

Das gesamte Verlagsprogramm von tredition ist bei allen stationären Buchhandlungen und Online-Buchhändlern wie z. B. Amazon erhältlich. e-Books stehen bei den führenden Online-Portalen (z. B. iBookstore von Apple oder Kindle von Amazon) zum Verkauf.

Einfach leicht ein Buch veröffentlichen: **www.tredition.de**

Eigene Buchreihe oder eigenen Verlag gründen

Seit 2009 bietet tredition sein Verlagskonzept auch als sogenanntes "White-Label" an. Das bedeutet, dass andere Unternehmen, Institutionen und Personen risikofrei und unkompliziert selbst zum Herausgeber von Büchern und Buchreihen unter eigener Marke werden können. tredition übernimmt dabei das komplette Herstellungs- und Distributionsrisiko.

Zahlreiche Zeitschriften-, Zeitungs- und Buchverlage, Universitäten, Forschungseinrichtungen u.v.m. nutzen diese Dienstleistung von tredition, um unter eigener Marke ohne Risiko Bücher zu verlegen.

Alle Informationen im Internet: **www.tredition.de/fuer-verlage**

tredition wurde mit mehreren Innovationspreisen ausgezeichnet, u. a. mit dem Webfuture Award und dem Innovationspreis der Buch Digitale.

tredition ist Mitglied im Börsenverein des Deutschen Buchhandels.

Dieses Werk elektronisch lesen

Dieses Werk ist Teil der Gutenberg-DE Edition DVD. Diese enthält das komplette Archiv des Projekt Gutenberg-DE. Die DVD ist im Internet erhältlich auf **http://gutenbergshop.abc.de**

MIX
Papier | Fördert
gute Waldnutzung
FSC® C083411

Zeitfracht Medien GmbH
Ferdinand-Jühlke-Straße 7
99095 Erfurt, Deutschland
produktsicherheit@kolibri360.de